A ILHA

1º LIVRO DA TRILOGIA

O MOTIM NA ILHA DOS SINOS

romance

PRÊMIO
OCTAVIO
DE FARIA
UBE-RIO
1998

2ª EDIÇÃO

MAFRA CARBONIERI
[Academia Paulista de Letras]

A ILHA
1º LIVRO DA TRILOGIA
O MOTIM NA ILHA DOS SINOS
romance

CARBONIERI, Mafra. A ilha : o motim na ilha dos sinos.
São Paulo: Reformatório, 2024.

Editores
Marcelo Nocelli
Rennan Martens

Projeto e Edição gráfica
C Design Digital

Revisão
Tatiana Lopes

Capa
Obra de Pieter Bruegel

Imagens Internas
Obras de Pieter Bruegel

Dados Internacionais de Catalogação na Publicação (CIP)
Bibliotecária Juliana Farias Motta CRB7/5880

C264i Carbonieri, Mafra, 1935-

A ilha : o motim na ilha dos sinos / Mafra Carbonieri . -- São Paulo: Reformatório, 2024.

224 p.: 14x21cm

ISBN: 978-85-66887-81-5

"1° Livro da trilogia"

1. Romance brasileiro. I. Título: o motim na ilha dos sinos

CDD B869.3

Índice para catálogo sistemático:
1. Romance brasileiro

As personagens deste livro são ficcionais e nada significam além de si próprias.

Edição e Distribuição
www.reformatorio.com.br

Todos os direitos reservados. Proibida a reprodução, no todo ou em parte, sem autorização prévia por escrito da editora ou autor, sejam quais forem os meios empregados.

A Sylvia

ZERO

O carcereiro trouxe a mesa e a empurrou contra a parede, debaixo da janela, para que eu pudesse alcançar a grade. Não me incomodavam as botas ressoando no corredor: eu não seria linchado. A polícia me defendera ali mesmo, na cadeia, da ira obscura dos outros presos. Eu tinha medo de desmaiar. O carcereiro puxava duma perna: o cheiro de seu suor não se continha no paletó cintado. Vamos logo com isso, gritou o sargento.

Um guarda me manteve desperto a socos. Depressa, demônio. Prontos para me ofender, com ferocidade, esses senhores entravam e saíam da minha cela, praguejando, sem dever explicações a ninguém. Quando o carcereiro se afastava um pouco, predominava um odor de couro engraxado. Então, os soldados também iriam ao enterro, pensei, e de farda limpa. Quem se atreveria a usar um rifle contra mim?

Difícil impedir a baderna dos detentos: alguns batiam na grade o salto ferrado do sapato. Preparava-se na Praça Rubião Júnior, defronte da Catedral de Santana Velha, apenas uma cerimônia religiosa, a *Festa da Culpa*. Sempre que se aprisionava em flagrante um homicida, ele era algemado e amarrado com pedaços de corda – durante o serviço fúnebre – a uma das janelas do paredão amarelo da cadeia. Via-se dali a Avenida Dom Lúcio, da Praça Rubião Júnior até o Cemitério da Saudade. Era costume esperar-se do acusado, ao ver passar o caixão da vítima, os tremores do remorso e da angústia.

Quando os sinos começaram a dobrar, abatendo-se gravemente sobre as ladeiras e os telhados de Santana Velha, a algema esfriou-me o pulso esquerdo. Suspenderam-me até a travessa de ferro chato, como se dependura um boi no gancho, e eu fui obrigado a ver na Avenida Dom Lúcio o cortejo das doze urnas funerárias. Olhe o que você conseguiu fazer, José Lourenço. Eu estava exposto ao rancor da passeata fúnebre. A multidão arrastava o seu ódio em silêncio.

Deformaram-me o rosto contra as barras. Eu não estava rindo. Mas não era sobre isso que eu queria escrever.

SUMÁRIO

Zero 6

Capítulo 1   **14**
São Paulo, 1976 15
Joia 22
Desaparecendo na sombra 24
Sobreaviso 31
Diário, 1970 38

Capítulo 2   **44**
Joel 45
Com os diabos 48
Rua Vitória 52
Tio Miro 54
Diário, 1970 58
Por uma grana 62
O rastro 68
No ônibus 70
Diário, 1970 71

Capítulo 3   **78**

Beiçola 79
O busto de Dante 86
O cortiço do Paraguaio 89
A mortadela 91
O aquartelado 93
Parábola do reverendo Damasceno de Castro 95
Diário, 1972 98
Diário, 1974 105
Diário, 1975 108
Diário, 1976 109
Aparecem os ratos 113

Capítulo 4   **114**

Retrato de Rafael quando muito jovem 115
A arena de cães 119
Momento pentecostal 122
Jacira 124
O demônio 132

Capítulo 5   **134**

Na oficina 135
Vesgo 138

Rosalina-Rosa-Rô 142
Cine Júpiter 149
O matadouro 154
Dona Zuza 168
Esta noite 173
Diário, 1976 179

Capítulo 6   180
Rafael e Cacilda 181
Drogas 186
Rafael e a loira 188
Ponto de encontro 193
O sacerdote 194
Diário, 1976 196

Capítulo 7   198
A gata 199
Até depois de amanhã 204
Quarta Parada 208
Recado a Guiô 213
O homem do paletó amarelo 215
Diário, 1976 223

*Se em nossa casa um parente entra sem bater,
Deus precisa ser anunciado?*
SCHOPENHAUER

o motim na ilha dos sinos
capítulo 1

SÃO PAULO, 1976

Uma garoa tardia levou o inverno aos telhados da Casa Verde Baixa. Anoiteceu depressa. Por ser quarta-feira, latas e sacos de lixo já formavam fila na Rua Vichy, embora a jamanta só passasse de madrugada. Uma negra, de terço na mão e um toco de vela na bolsa, sentou-se pesadamente na sarjeta, não sem antes abençoar a luz duma janela. Suspirou:

— Por Cristo.

Um carro cruzou a ladeira, e a negra conformou-se em dormir ali. Com aquele vento, se conseguisse riscar um fósforo, pensou, talvez o poste protegesse a chama. Não podia desafivelar o cinto porque vestia cinco saias, que tingira de preto. Com três blusas estampadas, de meio-luto, e um jaquetão de homem, amassara o resto da bagagem num saco de estopa. Estava na bolsa a metade duma Bíblia, para que mais? Tinha a negra um terço inteiro.

Joel My Friend esfregou um trecho do vidro com o dedo para enxergar a negra na rua. Alto, muito jovem, a barba demorando para torná-lo um homem, ele se desviou da janela e encarou o calendário da parede oposta, onde, para junho de 1976, uma loira — nua e limpa — lambia as ranhuras dum pneu Goodyear. Sem querer, ele gingou o corpo — uma carcaça longa e desajeitada — e voltou para a cadeira.

— Tudo pronto — ele não engasgou; e, enquanto o respaldo estalava, fechou a cara. — We are here, cabo.

Lá fora, a negra riscou o fósforo. O pavio não custou a envolver-se, precariamente, numa luz amarela e indefesa. A negra trouxe do fundo da bolsa, com muito cuidado, uma garrafa de água do Rio Jordão.

— Vamos repetir o esquema do assalto ao consultório médico — disse o cabo PM Luciano. — O lance saiu perfeito e o esforço valeu. De acordo?

O rosto de Joel My Friend retraiu-se sob a lâmpada suja. A luz, clareando a mesa e o baralho, contra o brilho da vidraça, fazia vacilar na sombra o colchão de molas onde o Vesgo lustrava o Taurus-38. Joel, com a unha, rasgando o papel do cigarro num prato rachado, lembrou:

— Achei que era o momento de mudar as posições.

— Esqueça — prosseguiu o cabo PM Luciano, sem se importar com o desagrado de Joel My Friend. — Só se troca pelo estepe o pneu murcho, e aqui ninguém murchou. Você, Joel, fica na porta com a turbina e uns rebites de reserva.

A negra olhou a garrafa contra a noite: era água do Rio Jordão: o reverendo Damasceno de Castro sempre garantia a santidade dos produtos de sua fé. Com uma prece na tenda da Rua São Quirino, e algum dinheiro, era possível obter-se uma garrafa, até um litro, da água do Rio Jordão.

— Por que desta vez eu não vou na proa? — exasperou-se o garoto e, levantando-se de repente, quase acertou com a cabeça o bojo da lâmpada.

— Calma. Você não tem cancha. O Beiçola e o Vesgo se encarregam disso.

— A gente podia pelo menos tirar a sorte.

— Nada de sorte — Luciano vestiu sobre a farda uma capa impermeável, descorada, civil e com capuz. — Eu dou as ordens, Jô — fingiu um soco no ombro do pivete.

Beiçola riu:

— Por Santo Amaro da Purificação: eis um cabaço de aço: até rimou.

— Beiçola, não gosto que ninguém duvide de minha performance — resmungou Joel My Friend e viu o negro desarrolhando o conhaque.

— Vamos molhar a coragem — Beiçola encheu um pequeno copo de vidro grosso e empurrou-o para o canto da mesa. — Que horas são, Vesgo?

Luciano, depois de ter tomado dois goles curtos, passou a bebida a Jô.

— Sete e dez — antecipou-se o cabo, enquanto Jô esvaziava o copo e aproximava-se da vidraça.

Vesgo espreitava o Seiko preso pela pulseira num prego da parede. Tudo ali era do Vesgo, Beiçola observava, menos o Taurus-38 e os dois 32: um Rossi e um Ina, que Luciano trouxera para o bando. O calendário com as mulheres peladas, o baralho, o rolo de corda com nós de meio em meio metro, o Seiko, as baratas, os cobertores de baeta em cima do colchão e, de emboscada, os ratos. O Vesgo merecia. Mas só havia aquele copo e uma xícara de chá, sem asa, de que Beiçola se apossou. Vesgo, preferindo a caneca de folha, foi buscá-la no tanque da área (se o Beiçola punha a boca, meu irmão, ninguém mais punha).

Um sorriso úmido, os braços alongando-se no tampo da mesa, a carapinha raspada à navalha, Beiçola conhecia a sua boca de dentes pretos e pensava em outra coisa. Ocupando a ponta da cadeira, com o ombro na parede e a cabeça sob os vidros fuliginosos da janela, ele olhava o cabo PM Luciano. Não entendia o que levava esse meganha a curtir uma onda de marginal, com as dicas mais quentes, planejando os assaltos e cobrindo a fuga com um puta Opala, muito bem, o camarada até livrou a barra do Vesgo num flagrante de maconha, certo, mas tudo isso sem discutir na hora do vamos ver, putz, jamais brigando pela fatia do lucro. Qual era a jogada, meu cabo?

Claro que o lorde pegava o dele no fim de cada lance. Mas nunca reclamava, e como se não tivesse nada com aquilo, a não ser o coturno 42 na cadeira e um desdém pelas contas de somar e dividir, na mesa e sob o foco da lâmpada, olhando de cima o nosso dinheiro honrado pelo calo da mão na coronha e o suor do cagaço, e por isso um pouco amarrotado, ia logo enfiando no capuz o que lhe dessem, muito depressa e sem conferir.

    De modo que — meus senhores — alguma grana sempre escapava da contabilidade, não estou morto, entre a cinta e a cueca de Beiçola, esse operário do crime, na penumbra do banco traseiro do puta Opala, quando o negro e o Vesgo derrubavam na mochila do Jô, ao lado de Luciano, a tal de res furtiva. Nessa também o Vesgo se virava, não nasci ontem, refletia Beiçola. Acontece que o fardado não era trouxa. Pelo que Beiçola, entretendo-se com o seu grilo, acabou com o conhaque da xícara.

    Jô saiu para mijar no tanque: largou a porta aberta e retornou com o casaco de couro abotoado até o pescoço, as mãos nos bolsos da calça Lee, sério, um tremendo assaltante. Beiçola sorriu e se afastou do cone da luz, encostando o espaldar na parede. Vesgo perguntou a Luciano:

— É uma lanchonete?

— Não. Um supermercado.

    Loiro, de suíças ruivas e sardas no torso, tinha Luciano uns olhos esverdeados. Na hora da partilha, desprezando relógios e anéis, ele soltava para o alto uma gargalhada. Pondo o dinheiro no capuz, jogando-o aos punhados, ia moderando o volume do riso, abaixando o tom como se o controlasse por um rádio, até que só restasse no ar um eco sufocado, e no silêncio a garganta larga e aqueles olhos imóveis.

— Uma loja da Brigadeiro Luís Antônio — ele adiantou.

Vesgo municiava o Taurus.

— Será que vamos dar umas bandas pelo Pão de Açúcar?

— Não — o PM agora se dirigia a todos. — A loja fica na Bela Vista, à direita de quem sobe a Brigadeiro, quase no encontro com a Major Diogo. Eu conheço o dono, e hoje é dia de pagamento. O Vesgo toma conta das três caixas, e o Beiçola arranca do gerente uma pasta 007 com os envelopes do vil metal. Enquanto isso o Jô fecha as portas e garante a retirada, mostrando o berro por um bolso. Tem dois banheiros à esquerda de quem entra: lá os caretas podem ser guardados com o maior conforto. Eu me planto na Major Diogo com o Opala na direita, onde der para estacionar, o mais perto possível da esquina.

— Falou — Beiçola ergueu-se da cadeira.

— Temos que terminar o lance antes das oito horas — disse o cabo. — Há um comando na Paulista para depois das oito. Que ninguém se meta a coçar o gatilho de graça.

Vesgo consultou o Seiko.

— São sete e quinze.

— Andando — gritou Jô na escada.

Era uma estreita e carcomida escada de madeira que

descia para o cômodo onde o Vesgo simulara uma oficina de conserto de rádio e TV. Fazia um pouco de frio, e os degraus balançaram com a pisada de Joel My Friend. A capa de Luciano esvoaçou rente a um arcabouço de geladeira; ele foi para a rua ligar o Opala. Beiçola, chupando uma bala de café, já escondia a careca no gorro.

Esperavam pelo Vesgo, que apagou a lâmpada de cima e cerrou as portas.

JOIA

— Podemos ir — Vesgo suspendeu a gola da japona.

Correndo para a Ponte da Casa Verde, no para-brisa a fila de focos vermelhos, o Opala prosseguiu pela Rudge e a Rio Branco. Chovera de tarde, e uma lama parda ainda cintilava na sarjeta. Vendo as marcas elétricas no meio da fumaça, e na calçada a luz de mercúrio fluindo pela palidez dos rostos, o cabo PM Luciano mudou o câmbio para o ponto morto e parou na sinaleira da Ipiranga com a Praça da República.

A copa das árvores estufava-se contra o vento, um movimento escuro sobre as vielas, mas só Beiçola disfarçava a tensão. Vesgo tragou o segundo cigarro. Joel My Friend mexia nos botões do painel sem acertar o som.

— Sem essa, Jô. É A Voz do Brasil — avisou Luciano puxando o capuz para a testa.

Mesmo assim, Joel My Friend demorou para desistir.

— Bem que eu topava um samba do Ziri — ele sentiu no casaco um calor que só poderia vir da arma. — Bem que o Ziri podia aparecer no Galpão do Orozimbo.

Beiçola não perdeu a viagem e provocou Jô:

— Precisamos escolher melhor o nosso horário.

Impondo o olho torto no vidro, Vesgo alertava:

— Palavra. Acho que tem farda demais na cidade.

— São guardas de trânsito — esclareceu o PM. — Não cometi nenhuma infração.

Com o sinal verde na São Luís, agora amarelo, o Opala deixou para trás um quiosque e um toldo iluminado. Luciano examinou o retrovisor: na esplanada dum bar, civis bebiam chope e espetavam azeitonas: por um momento, antes de sair do espelho, um gordo de colete enviesou a bandeja e não completou o gesto.

— Que fome — admitiu Beiçola.

O tráfego se afunilou na Maria Paula. Aproximavam-se da Brigadeiro. Na esquina, Luciano informou:

— Faltam vinte para as oito.

— Confere — apressou-se Vesgo. Estavam na Brigadeiro.

— É aqui — a pausada voz de comando do PM. — Vocês começam quando eu dobrar à direita na Major Diogo.

Beiçola murmurou:

— Joia.

DESAPARECENDO NA SOMBRA

Quem saltou primeiro do carro foi Joel My Friend. Um ônibus diminuiu a marcha e encostou os pneus na guia, soprando para o alto uma fumaça preta. Enquanto o cobrador montava o triângulo fosforescente no vidro de trás, Luciano, ultrapassando entre as buzinadas, penetrou na Major Diogo. Parando em fila dupla para estudar o terreno, logo percebeu que a única vaga não servia — na claridade duma cantina. Olhou as paredes cinzentas e uma sacada de ferro batido. Três minutos de espera.

Andando por uma rampa de cimento e sobraçando caixas, um homem de calça cáqui saiu dum depósito, empilhou-as no soalho duma Kombi e vagarosamente desapareceu numa garagem. O Corcel adiante da Kombi iniciou a manobra. Cinco minutos. Sob uma arcada, onde balançava uma tabuleta, ficavam a porta e o mostruário dum serralheiro. O Corcel arrancou, expelindo manchas de vapor esbranquiçado. Luciano, emparelhando o Opala com um jipe Willys, calculou a baliza e cobriu o espaço, à ré, na frente dum porão com janela gradeada. Oito minutos.

Era uma grade de quatro canos chumbados num

parapeito de cerâmica. O homem da calça cáqui voltou de óculos e, com desembaraço, contando dinheiro, molhou um dedo na boca. A luz do porão, acesa, amarelava o pano da cortina. Nove minutos. Bracejando além da grade, numa lata de leite em pó, samambaias deixavam-se encardir pelo óleo queimado. Dez minutos.

Vesgo surgiu na esquina, e em seguida, Jô e Beiçola. Vinham depressa — sem chamar a atenção —, como se estivessem atrasados para pegar um ônibus. Entraram no Opala, bateram as portas, Luciano aguardou a passagem dum Volks, acelerou.

— Tudo OK? — ele combinava as imagens dos três retrovisores.

Joel My Friend respondeu:

— Very nice.

Beiçola enxugou o queixo no gorro:

— A moça da caixa não queria entender. Quando ficou inteligente, caiu dura na máquina registradora.

— É um problema trabalhista — comentou Luciano.

Vesgo, desabotoando a japona, catou um cigarro de bêbado — meio torto — e atirou para a rua o maço vazio.

— Aliviei a firma de três pacotes de Minister — o caolho aumentava sofregamente o alcance da tragada.

Luciano aborreceu-se.

— É necessário pensar só em dinheiro — aconselhou.

— Eu calculei que você não ia aprovar. Mas estavam no balcão da caixa e dentro do cartucho.

Jô puxou o saco:

— Eu não peguei nem goma de mascar.

— Bom — Beiçola se esparramou no banco. — Não vou esconder nada — confessou sem arrependimento. — Vieram comigo umas latas de cerveja.

Agora o Opala rodava por uma das rampas da 23 de Maio. Até o Anhangabaú, na noite roxa e trêmula, os outdoors corriam pelas margens das duas pistas, trocando de lugar com as árvores e os luminosos. Luciano ligou o rádio e derivou à esquerda, deslizando ao longo da São João.

— Pela Tiradentes, você chegava bem mais rápido na Marginal do Tietê — opinou Joel My Friend.

— Esse é o raciocínio de quem persegue, e não de quem foge — Luciano desviou o Opala para o Paiçandu e enroscou-o no lento caminho para a Rio Branco. — Com o trânsito livre, as RPs gostam de desembestar atrás de qualquer coisa que se mova.

— Yes — concordou Jô, com sono, distraindo-se com os rostos que flutuavam do outro lado do vidro. O velho chaveiro trancava a porta da oficina. Um dia, na calçada, antes que endurecesse a argamassa, ele espalhara chaves de diversos tamanhos e formatos, que agora davam ao passeio *some wit*. Muito bêbado escorregou ali antes de entrar na Igreja de Nossa Senhora do Rosário dos Homens Pretos. — Yes — repetiu Joel My Friend ainda no Paiçandu.

Um samba de Baden. Luciano ajustou o rádio. Disse:

— Aconteceu um desmaio, então.
— Um desmaio — excitou-se Beiçola.
O PM varou o cruzamento da Duque no sinal amarelo.
— O que vocês fizeram depois com a moça? — se isso não importava, claro, também não importava perguntar.
— Eu não fiz nada — contraiu-se o Vesgo. — Eu estava com muita pressa.
Beiçola:
— Mandei o gerente carregar a garota no colo até o banheiro. Muito casamento começou assim.
— Bem bolado — o cabo PM Luciano elogiou Beiçola. — Se você não tivesse improvisado esse socorro, a sacana ia acordar no meio do assalto e chamar a polícia, berrando com toda a saúde.
O negro aproximou-se do banco do motorista e afundou os cotovelos no encosto. De perto, e sem qualquer ressentimento, transmitiu o cheiro de sua boca:
— Sou assaltante por vocação, meu cabo, não por necessidade e nem por baixa inspiração. Sou daqueles que exercem a sua escolha. Não é sem motivo que eu não tenho antecedentes criminais.
Isso assombrou Vesgo.
— Baixa inspiração... — ele acentuava.
— Ouvi essa frase, e outras, nas pastorais do reverendo Damasceno de Castro — explicou Beiçola modestamente. — *O bem e o mal não diferem entre si*, estou citando. *Enganam-se os que pretendem distinguir no bem*

uma natureza que o separe do mal, esperem eu terminar. *Têm ambos uma única natureza, pois derivam da mesma e única matriz. De onde veio Lúcifer? O mal é apenas a degeneração fatal do bem. A seu tempo, e evolutivamente, o bem se transforma em mal como o jovem se torna velho, sem que se indague da natureza da juventude ou da velhice.* Desculpe, meu cabo, mas eu tenho uma memória de negro. *Meus filhos, o ovo se quebra para que de dentro dele surja uma ave, ou um réptil. Voltem em paz para a casa; porém, para que essa paz seja duradoura em seus lares, não esqueçam a esmola no cofre da igreja.*

Distante, embora ao alcance da boca mortífera, Luciano sorria. Jô interveio:

— Ontem me falaram desse sujeito. Damasceno de Castro. Não é um pregador da Vila Guilherme?

— Falaram certo — afirmou Beiçola. — O reverendo mora numa travessa da São Quirino e prega na Praça da Sé, em várias comunidades e em todas as rádios clandestinas de São Paulo. Aos sábados, às dez da manhã, no Salão de Cura e Milagres da Igreja Primitiva da Tabatinguera.

Diante do sinal vermelho, sob a ramagem duma tipuana, Luciano relatou:

— Na Tabatinguera existe uma igreja onde os iniciados podem venerar uma santa com o nome de Nossa Senhora da Cabeça. Se não me engano, ao lado duma peixaria.

Desprevenido para o sarcasmo do policial, Joel My Friend recorreu a seu passado de Minas Gerais. Disse com timidez:

— Eu já estive nessa igreja por causa duma vertigem. A santa protege os católicos do pescoço para cima.

— Só os católicos? — protestou Beiçola.

Joel corrigiu-se:

— Nossa Senhora da Cabeça ampara os que têm fé.

— Como é possível ter ao mesmo tempo fé e cabeça? — tornou o negro.

Vesgo:

— Não passo muito por ali. Na Tabatinguera, eu conheço a Churrascaria Nova Camponesa.

— Quem não conhece? — salivou Beiçola. — Bem na frente, atravessando a rua, abriram outra Assembleia de Deus.

— Com feijoada a oito cruzeiros — Vesgo assegurou com algum espanto.

— Mas o dono nunca desembolsa os dois de troco.

— Ele não cobra a caipira.

— Eu tenho o direito de não beber caipira — considerou Beiçola, com personalidade. — Eu posso pretender medalhões de vitela com um tinto francês, enquanto a galera se empanturra de feijão preto e cerveja. Um ministro — em Brasília — não recebia do Rio Grande do Sul, três vezes por semana, esses malditos medalhões?

— Palavra — afiançou Vesgo. Não estou discutindo.

— Sem caipira — Beiçola bateu o gorro no joelho.

— Sim. Mas na Churrascaria Nova Camponesa, da Tabatinguera, todos ferram uma caipira antes da feijoada.

— Amigo, eu posso recusar a caipira, não posso?

— Ninguém negou esse direito — Vesgo acendeu outro cigarro na chama fugidia.

Luciano, quieto. Joel My Friend imitava-o, severo, amoldando-se ao silêncio do líder. O carro deixara a Brás Leme, após a ponte, e agora percorria as ladeiras fortemente escarpadas da Casa Verde Baixa até o beco do Vesgo na Rua Reims.

Uma seringueira, estragando a calçada e expandindo a copa sobre os condutores da luz, camuflava a entrada do beco. Luciano apagou os faróis. Só com as lanternas e o motor desengatado, pôs o Opala no declive de pedra e mato pisado. À esquerda estavam cinco sobradinhos duma antiga vila de ferroviários, sempre fechados, com um ar de decadência úmida: o musgo na soleira de tijolo, o clarão móvel e azulado do televisor numa veneziana ou num postigo. À direita e ao fundo, paredões chapiscados.

Vesgo saltara para o passeio. A oficina ficava na última casa. Eram dois pavimentos com um recuo para carro, os muros altos, o abrigo de amianto e um portão de cedro. O caolho suspendeu a porta de aço da oficina e, indo ao pátio, desaferrolhou por dentro o portão. O Opala veio à ré, desaparecendo na sombra.

SOBREAVISO

Como se nada tivessem a fazer, caminharam displicentemente para o cômodo — um deles tropeçou numa bobina e assustou dois ou três ratos. Subiram ao quarto. Vesgo ligou todas as lâmpadas. Joel My Friend acercou-se da vidraça para rever a negra, encontrando no lugar da mulher um resto de vela, quase uma nódoa junto ao poste, ainda a arder, uma centelha contorcendo-se ao vento. Era uma negra como tantas dos arredores de São Gonçalo do Abaeté, Minas, e ele abaixou a cabeça.

Luciano girou a chave e puxou a porta dos fundos, mantendo-a aberta. Procurava não pensar em nada. Beiçola amontoou o dinheiro sobre um cobertor esticado no colchão. A pupila enviesada de Vesgo refletia nitidamente a imagem da grana, e ele, encolhendo-se na japona, vigiava cada gesto de Beiçola. O negro, assobiando em surdina, apartou na cama a pasta 007 do gerente e os cartuchos do supermercado. Depois, respeitoso e contrito, ajoelhou-se perante o dinheiro para homenageá-lo:

— Onisciente. Onipresente. Onipotente.

Luciano, passeando pelo quarto, despiu a capa. Beiçola citou Damasceno:

— Tirano dos fracos. Fraqueza dos tiranos.

— Comece logo a contar — gemeu Vesgo que, apesar da urgência, não iria ao banheiro.

Beiçola cuspilhou nas mãos, amaciou-as e transferiu o afago para as notas, que estalaram, algumas já agrupadas em maços. Como um cirurgião, voltou-se para Vesgo:

— Papel. Caneta. Peço um exame de conteúdo na pasta 007.

O caolho providenciou tudo sem perder de vista os movimentos do negro.

— Vesgo, você não confia em mim.

— Não.

— Pois faz muito bem.

— Eu sei, Beiçola. Escreva os números sem borrar, que eu quero saber onde piso.

— São números grandes demais para você.

A risada de Vesgo, uma espécie de dor, feriu os lábios finos, lívidos, e espalhou-se com as rugas. Depois, ele arcou o corpo para sufocar melhor na japona a lembrança de seu orgulho.

— Ladrão... — avisou num tom involuntariamente soturno. — Deixe esse julgamento comigo.

Beiçola, desprezando a mesa para não ter que remover o dinheiro, alisou as folhas de papel numa das tábuas do soalho. Indagou com camaradagem:

— Onde você aprendeu a somar, Vesgo?

— Na Zona do Mercado.

— Com os turcos da Rua da Alfândega?

— Também.

— Magno Vesgo — aplaudiu Beiçola. — Por isso você sabe onde pisa.

Joel My Friend que, com o dedo, marcara as suas iniciais na poeira da vidraça, instalou-se num caixote, arrastou a sola do tênis e pôs os cotovelos nas pernas, o torso vergado, o olhar perdido entre o dinheiro e o contorno alaranjado da hora. Tendo Luciano por modelo, Jô queria demonstrar desinteresse pelo que acontecia ao redor. Sob a inspeção de Vesgo, Beiçola concentrou-se nos cálculos.

Luciano saiu para a área dos fundos. O frio parecera ter aumentado. Pendendo de argolas de madeira, e encostado ao tanque, o velho encerado de lona que servia de cortina oscilava com o vento. Por uma fresta para a noite, um rasgo no encerado, Luciano adivinhava certas ruínas enegrecidas nos quintais da Rua Reims: a vizinhança baldia. Tornou ao quarto quando se manifestou a emoção rouca de Vesgo:

— Pronto.

Beiçola proclamava:

— Cinquenta e dois mil e oitocentos e quarenta.

Luciano desabotoou o capuz e jogou-o no colchão.

— Cinquenta e dois por quatro dá treze — ele se dirigiu a Beiçola. — Ponha treze no meu saco.

— E os quebrados?

— A safra não chegou a ser das piores — esquivou-se o PM. — Conte até treze e stop.

Jô:

— Não é justo.

— Que é isso, garoto? Não posso falar inglês?

— Na conta não tem nenhum erro — Vesgo sacudiu o papel na cara de Jô.

— Escutem aqui — interpôs Luciano com dureza. — Não nasci ontem. Não corro atrás de troco miúdo. Eu não quero perder o meu tempo com pouca porcaria quando estou a ponto de dependurar a chuteira depois do próximo coice.

Os outros não comentaram isso. Luciano cruzou os braços nas costas e retomou o fio:

— Não sou bolha — os olhos esverdeados não se mexiam, mas pareciam abranger e enfrentar um por um dos comparsas. — Imaginem, por exemplo, uma fábrica da Mooca num dia 10 qualquer. Não mais uma pasta 007 com envelopes de salário mínimo. Agora, minha corja, dinheiro de verdade: dólares. Dólares. Nessa eu também vou na mão grande, todos juntos, eu de braço dado com a minha metralhadora Ina — o cabo PM Luciano se interrompeu para que o silêncio, aos poucos, o devolvesse a uma segura indiferença. — Que tal cada um fisgar sozinho uns cem mil dólares?

— Cem mil... — Vesgo perturbou-se e foi ao banheiro; sem fechar a porta, logo regressou antes que o barulho da descarga o anunciasse.

Beiçola amarrotava o capuz com o dinheiro de Luciano:

— *Cada um fisgar sozinho uns cem mil dólares*, estou citando. Com cem mil dólares eu criava juízo, meu cabo, ia roubar na legalidade.

— One hundred thousand... — não se descuidou Joel My Friend.

O negro atirou o capuz na mesa.

— Se eu lavasse estas mãos e curasse os meus calos numa banheira cheia dessa grana, cem mil dinheiros, e não trinta, a Guiô da Quarta Parada me torcia o pau por cima da calça Lee e me cantava no ouvido, Beiçola, eu tinha certeza, coração, um dia você ia ser alguém, só não fiquei por perto para não retardar a vitória, meu lindo, ai, que saudade, o aroma de trepadeira de sua boca, a dama-da-noite de nosso muro, não mais um vaso de privada, amor, a florzona de seus lábios, florzona sim e nunca mais a xoxota da penúltima jereba, se eu fiz você sofrer, Beiçola, vamos esquecer o passado e pôr uma pedra em cima, eu estou disposta a tudo perdoar, meu loiro, logo a Guiô da Quarta Parada que me chamava de caco velho quando eu sempre fui um negro, nada menos que um negro, Beiçola, agora só depende de você, tentação da minha vida, vamos reparar o mal nem que seja só no padre.

Os cabelos pretos de Vesgo, oleosos, reuniam-se

atrás das orelhas. "Cem mil..." De meias verdes e botinas com sola de pneu, Vesgo agachara-se ao lado da cama: os olhos no cobertor de baeta e um cheiro de camisa suada no calor da japona. Aquela grana, e a promessa da outra, criavam uma irrealidade que o aturdia. Ele temeu não controlar as secreções de sua cobiça. Palavra. Nos azulados da face adunca, a barba ia brotando. "Cem mil..." O dinheiro se esparramara no côncavo da lã como um vômito rosado. Vesgo recontava na cama os treze mil e duzentos e oitenta. O branco dos olhos sumira, e sob a testa de suor seco já não existia o zarolho, ali alguma coisa gelatinosa se fixara, escura e direita. "Cem mil..."

Joel My Friend espalhou o dinheiro pelos bolsos do casaco. Sentia-se com o corpo fechado. Que bala do poder se atreveria a furar o rosto de seus heróis?

Sonolento, mas só na aparência, o cabo PM Luciano divagava, estúpida gente a quem a mera e remota imagem de qualquer dólar já bastava para enlouquecer, ele andou até o tanque, pensando na impressão que causara, e nem precisava ser cem mil. Com a água a escorrer entre os dedos, salpicou a cabeça, as têmporas, os olhos, e enxugou-se no lenço. Atrás do encerado de lona escondiam-se os quintais da Rua Reims. Quem descesse pela corda e saltasse o muro dos fundos, entraria num pasto que também servia de depósito de lixo e escaparia pela Rua Vichy. Domingo, não podia esquecer, domingo era dia de feira na Rua Vichy, e naquele quarteirão se enfileiravam as últimas barracas — as de peixe — e os caminhões estacionados.

Luciano parou entre os batentes da porta.

— Primeiro o Jô e depois o Beiçola — disse. — Sai um de cada vez. Na semana que vem, moita. Eu estou na ronda.

Beiçola:

— Com o meu cabo de plantão, já viu, estamos de licença.

— Um de cada vez.

— Vou de ônibus, meu cabo, me esfregando nas suburbanas, de mão boba como se fosse um empresário num Boeing.

Sobreaviso. Mas era só o vento que trouxera até o telhado a brecada dum carro, e a derrapagem, numa das vielas da Casa Verde Baixa.

DIÁRIO, 1970

Fevereiro, 23. Então, esta é a Ilha dos Sinos, eu ainda não distinguia na névoa as muralhas do presídio. Dizia a lenda que o vento noroeste, lançando-se entre os penedos e a mata, arrancava por onde ia varrendo os sons vulcânicos da ilha.

O barco Ubatuba atracara junto ao antigo cais com alcatrão entre as tábuas; e dois caiçaras, resfriados ou bêbados, atiraram as amarras por cima da balaustrada. As boias de sinalização formavam ao redor do barco um polígono imaginário. Na fila indiana, um empurrou o outro com as algemas, e do tombadilho, saímos para o portaló. Depois, na escada estreita, vimos que jogavam a nossa bagagem num escaler, para inspeção. Com indiferença, já na praia, e pisando os caules vermelhos duma erva que se alastrava entre as pedras, fomos cortando no rosto a garoa da manhã longa. Os *fuzis* desconfiavam até das gaivotas. Para Elpídio Tedesco, um *fuzil* era qualquer autoridade armada.

Hoje faz um ano que pela primeira vez eu vi o mar. Para mim, o Atlântico sempre se mostra como um cemitério, e a constância de suas vagas me insinua que a eternidade, como a minha condenação, não passa e, portanto, não se cumpre. As penitenciárias se resumem a horário e a contagem de presos. Tudo se organiza de modo a que as horas e os detentos não possam fugir. Somos todos iguais perante as águas que cercam e guardam esta ilha.

Fevereiro, 24. Eu sou mudo, e a partir de certo grau, o ruído me perturba a ponto de me ensurdecer e às vezes cegar. Eu caio onde estiver e me afogo numa saliva amarga. Um carcereiro de Santana Velha descobriu nisso um motivo de prazer, e durante muito tempo me castigou com o molho das chaves, atritando-as ao capengar pelo corredor da cadeia e esfregando-as nas barras de ferro de cada cela, devagar e solene, recitando o nome de minhas doze vítimas.

Fevereiro, 25. Meu tio Artur Lourenço foi sineiro em Santana Velha, na Igreja de São Benedito, no Largo do Rosário. Só uma vez eu o acompanhei até a torre, e quando de lá eu reconhecia as grutas do Peabiru, onde desaparece o Rio Lavapés para que surja, na cordilheira e no mito, o Rio dos Mortos, os sinos estrondaram de repente na minha cabeça, por dentro, paralisando-me os sentidos. Despenquei do alto da escada e acordei no ladrilho da sacristia, sob o hálito e a repulsa dum mulherio cuja devoção eu adivinhava, mas não a ira ou a intolerância.

Aprendi a nadar no Rio dos Mortos. Ali, as águas, verdes e subterrâneas, escavando na rocha o seu caminho e invadindo as cavernas do Peabiru, atravessam a montanha para vazar mais adiante como cachoeira, no Vale das Palmas, e seguir com o nome de Rio Batalha. João Carlos de Munhoz Ortega, presidiário e pintor, esboçou um trecho do Rio dos Mortos, sob um nicho de basalto que se descortina da torre da igreja.

Fevereiro, 26. Como El Greco, pintando a contrição e o recolhimento, e como Van Gogh a selvageria e a confissão cruenta, João Carlos de Munhoz Ortega retratou o seu filho Daniel logo depois de tê-lo matado a socos. Viemos juntos, e mais Elpídio Tedesco, de Presidente Venceslau. Durante dois meses, na ilha, Munhoz Ortega não tocou nos pincéis.

O diretor do presídio, capitão Lair Matias, um dos poucos penitenciaristas do país, andou humanizando o velho regulamento: por exemplo: das três horas de sol por dia, ou de névoa seca, uma agora pode ser aproveitada na Baía dos Tubarões, quintas e domingos, renovando-se a guarda pelos turnos da manhã e da tarde. Nem todos os prisioneiros fazem questão de substituir a muralha pelo oceano, apesar da praia que, na enseada e entre as pedras, resiste à arrebentação.

Ontem, com a segunda turma da praia, Munhoz Ortega apresentou-se no pátio de nosso pavilhão para a contagem. A camiseta enrolada no pescoço, ele carregava com dificuldade a tralha de pintura. Para ajudá-lo, silenciosamente, Tedesco apossou-se duma tela, e eu da bolsa com os tubos e os potes. Ortega segurava pela alça de metal o cavalete de campo e, sob o braço, o banco de lona. Em fila, na estreita passagem do portão de ferro, os presos submeteram-se a mais uma contagem da guarda. No outro lado da Baía dos Tubarões, pelo menos uma vez por semana, a turma do lixo se diverte incinerando as sobras e os detritos da vida carcerária. Tínhamos apenas uma hora, e Ortega deixou-a escoar como areia na ampulheta, ajoelhado defronte do oceano. Foi num desses dias, recente ainda o nosso sepultamento na Ilha dos Sinos, que Tedesco viu o Martarrocha saindo do matagal com o Rodrigues. Martarrocha cobra pela posse precária de seus dotes dois maços de cigarros Hollywood.

Mas ontem, quando os *fuzis* já espiavam o relógio, Ortega, como se estivesse cego, escolheu pelo tato uns tubos de tinta na bolsa, destampou um por um, ritualmente, com a torção de dois dedos, apertou as bisnagas no peito, na mão e no antebraço; e chorando diante da tela, sem contrair nenhum músculo sob a barba crespa e grisalha, como se sofresse não por causa do vazio, mas duma ausência, atirou-se contra o quadro de algodão cru, cobriu-o de tapas, de socos e de soluços; rolou com ele na areia, sujou-o de suor e de baba.

Cautelosos, os guardas engatilharam as armas. Tedesco levou Ortega ao mar. Os presos, à distância, seminus e grosseiros, mantiveram-se longe da mira. Eu tenho sempre o raciocínio imediato e as emoções relutantes: ergui do chão a tela e salvei-a do escárnio e das pisadas: olhei: era a face ensanguentada de Cristo, mas era também a de João Carlos de Munhoz Ortega. O quadro está hoje na casa de nosso diretor, o capitão Lair Matias. Tem-se a impressão de que aquele sangue não secará nunca.

Fevereiro, 27. Os ventos da ilha, e as chuvas, ainda não me revelaram os sinos adormecidos no vapor da mata e nas rochas. Ninguém me hostilizou por causa da natureza de meu crime. Entretanto não me esqueço, vivo num mundo em que ser justiçado é ser punido. Há nas cadeias um fenômeno da hipocrisia que se chama punição pelos iguais. Aqui todos se ressentem do sexo adiado e do estupro não cometido. Por isso, embora iguais, a inveja obriga-os a depilar, tatuar, violar e exterminar o estuprador. A polícia me preservou dessa execução sumária em Santana Velha. Elpídio Tedesco impediu que me linchassem em Presidente Venceslau. Mas na Ilha dos Sinos acreditam no meu remorso.

Uma por vez, ao longo de quatro meses, com fidelidade ao meu destino, eu mostrei a doze meninas as cavernas do Rio dos Mortos.

Fevereiro, 28. O *boi** fica atrás da cortina, à direita de quem entra na cela. Ao fundo, o meu catre. Sempre tive o costume de enrolar os cobertores e acomodá-los sob o travesseiro. Formando um ângulo reto com o catre, o

---
*vaso sanitário das prisões

beliche tem dois estrados, mas um só colchão. Munhoz Ortega dorme no estrado de baixo, quando dorme; e depois de ter forrado o de cima com sacos de estopa, usa-o como atelier.

 A luz no teto. A dois metros do piso de cimento, a janela gradeada. De frente, a janela mostra as grades do outro pavilhão, o pátio da torre, um trecho da muralha e o portão de ferro.

 Março, 2. A *yara'raka* ilhoa é uma serpente originária da Ilha Queimada Grande, ao sul de São Paulo. Essa ilha, nada mais que uma ilhota, e a Queimada Pequena ficam a leste da Ilha dos Sinos. Os recifes negros da Queimada Pequena desaparecem na maré alta.

 Por causa da *yara'raka* ilhoa, carcereiros e encarcerados, confessadamente ou não, sofrem de inquietações noturnas: a cobra enrodilha-se em qualquer pesadelo, e sem deixar rastros, a não ser vítimas cuja lucidez é a última a morrer, alivia-se da peçonha paralisante. Ninguém comenta, mas até no quartel do destacamento militar ela andou assombrando: surgiu da sala de armas, provocando pavor e uma gargalhada insana. Teria sumido numa trinca do pátio.

 Meu Deus, a eternidade não passa.

o motim na ilha dos sinos
capítulo 2

JOEL

Joel My Friend estava na rua. Estou na rua e com dinheiro no bolso. Ia sem pressa pelos degraus da calçada curva, percebendo que, de vez em quando, a noite silenciava por cima do casario. Não tenho pressa. Tenho dinheiro em todos os bolsos de meu casaco de couro. Chutou um copo de iogurte que rolou para um bueiro. Posso fazer o que quiser.

Beiçola iria direto para o ponto de ônibus. Um cachorro enfiou as patas numa grade e sacudiu o guizo da coleira. Joel My Friend comparou Beiçola aos outros manos da Vila Dalila. Pensava nos caras da Rua Doze, logo no começo do matagal, para quem as palavras sempre terminavam em s. Punham mel na maconha e frequentavam porta de baileco, pedindo dez cruzeiros para não aprontar. Sozinhos, com os parentes bebendo em outro buraco, não valiam nada, esses covardes, até esqueciam o pedágio. Depois voltavam com o bando, tresandando juntos, gingando o esqueleto como se o barro da rua fosse a carroceria dum caminhão de feira. Mostravam a faca e um riso grosso, cercavam o mané, o menor deles arrecadava o Citizen de ver no escuro.

O vento, subindo a ladeira, fez arder os olhos de Joel My Friend e atirou contra um poste um pedaço de jornal.

Ali a negra acendera a sua vela. Já Beiçola era distinto, com carteira de trabalho e chiclete, de pouco reclamar, inimigo de lâmina ou erva com mistura. Joel My Friend sabia que Beiçola só usava a camisa em branco — sem nada escrito — e o gorro no bolso de trás da calça; ele evitava frege, não demorava na esquina, yes, nada disso de ser testemunha barata, very bad, os vadios da Vila Dalila não conheciam o caminho do bem, my way, esforçou-se Joel My Friend e chegou a uma pequena praça.

Avultava na neblina, num canteiro de terra nua, o tronco duma sibipiruna. Depois a porta cerrada dum quiosque e um banco de pedra. Apesar da luz esverdeada do vapor de mercúrio, entre os condutores, as lojas em torno do lago se ocultavam na sombra.

Joel My Friend cruzou o asfalto. Na soleira duma mercearia, debaixo do toldo, um sujeito de capa militar soprava o café num copo de vidro. Beiçola, vindo pelo lado oposto, aproximou-se do grupo que esperava o ônibus. Era uma fila suarenta, cabisbaixa, bruta, sob o abrigo do ponto de parada.

O homem de capa militar acendeu um cigarro perto de Joel My Friend.

— Por aqui não passa ônibus para a Rodoviária?

— Passa — informou Jô e se arrependeu de não ter hesitado. — Qualquer um que siga o itinerário da Rio Branco até a Duque de Caxias — ele disse duma vez e observou nos dentes do homem de capa militar um brilho conhecido.

— Muito obrigado — o homem imobilizou o sorriso.

— Você não quer fumar?

— Não.

— É um Charm.

Era uma senha. Não responder era recusar. Jô afastou-se um pouco, apalpando os bolsos e sem confundir o seu lugar na fila. Porém nada no homem de capa militar sugeria a desistência. Jô, com a friagem no rosto, encolheu-se na sarjeta; avistava dali um trecho da ladeira, as vidraças opacas duma oficina e, na cerração, a mancha vermelha dum semáforo. Tinha certeza de que o tipo o avaliava, rondando, e isso o incomodava na nuca.

— Por que não experimenta? — ele soltava a fumaça entre o olho de porco e o sorriso fixo.

Jô não elevou a voz:

— Circulando... não encoste...

Subitamente, na face, o vapor de mercúrio e os dentes para fora, inteiros, uma luz óssea à margem do asfalto. O Charm na mão, o homem de capa militar não se conformava. Pareceu tremer de susto, um arrepio devolveu-o a si mesmo; alisou uma sobrancelha e estudou minuciosamente a fivela do cinto. Ainda olhou Jô, mas, numa resolução calma, retornou à mercearia como se tivesse esquecido alguma coisa no balcão. Beiçola fazia uma cara de quem via longe. Boca podre.

O ônibus não parou no ponto.

COM OS DIABOS

Os dentes: aqueles dentes do homem de capa militar. Joel My Friend tinha tudo na memória, my mind, afinal era ou não devoto de Nossa Senhora da Cabeça? Bem que sentia a barra. Sou uma porcaria. Fizeram de mim uma porcaria. Escancararam a porta da viatura e, a pontapés, me empurraram na direção dum muro amarelo nos Campos Elísios: um beco, não me lembro, só sei que me veio logo um cheiro de mijada seca. Me largavam no lixo depois duma noite de cana num distrito da Zona Sul. Me plantei ajoelhado perto duma bosta preta, com moscas, os soldados tiveram o cuidado de me depenar a grana, o relógio e o blusão de motoqueiro. Eu era carente, com uma passagem por afano na Rua Direita, as autoridades me pelaram e prometeram me foder se eu dedasse.

Joel My Friend sentiu a barra. Fizeram dele uma porcaria. Os pneus da RP cantaram na brecada, e Jô foi cuspido fora, a socos, contra uma parede amarela nos Campos Elísios: podia ser um beco, ele não se lembrava por causa do interrogatório com tapas no ouvido — a noite toda numa delegacia da Zona Sul. Vinha-lhe à mente, com insistência, um cassetete que amolecia no sangue e se transformava numa bosta preta. Pior foi terem roubado dele um blusão de motoqueiro, de couro esfolado, com um decalque na gola e uns baratos de metal — um sarro — de esnobar em cima de qualquer onda.

"Da próxima vez, tenha mais dinheiro, boy", aconselhou o comissário de menores.

"Sim senhor..."

Deram risada. Saindo do beco, ainda tonto, Joel My Friend se orientou pelas tabuletas do comércio. Os carros entupiam a rua. Pouco menos de duas horas da tarde no relógio dum bar da Alameda Glete. Havia quibe na estufa. Estou com sede. Jô não distinguia a cara de ninguém. Vou beber a água da torneira.

Nos fundos, uns camaradas de algum posto de gasolina — de macacão e alpercatas — mexiam num jogo de dominó e tomavam cerveja. No ar quente, pegajoso, equilibrava-se o odor da fritura e do fumo acre. Jô engoliu a sede com muita força. Hesitando, subiu o degrau, comparou-se a um vira-lata que entrasse devagar num açougue, roçando pernas e paredes. Falou com o dono do bar:

"Posso beber na torneira?"

"Não entendi, rapaz", era um português magro, de óculos, que carregava um menino ao colo.

"Estou com sede."

"E daí?"

"Queria beber na torneira."

Mudando a posição do palito na boca, o português

pôs o garoto no estrado e deixou a gaveta aberta: o revólver ao alcance da mão.

"Ora, pegue um copo na pia. Aqui ninguém morre de sede."

"Obrigado."

O dono segurou o cabo do revólver. Acompanhava com interesse os movimentos de Joel My Friend sob os garrafões empoeirados que pendiam do forro, esse rapaz alto, como direi, bem apessoado, embora encardido como todos os que iam ter à beira de meu estabelecimento em tardes de calor, vagabundeando, visivelmente sem um tostão nas algibeiras — assim era esse moço — e, portanto, suspeito, direi mais, perigoso.

O senhor e possuidor daqueles secos e molhados notou que Joel My Friend, recurvando o tronco, estirou o braço para um dos copos da pia e chegou-o ao bico da torneira, um pouco trêmulo, por cima do balcão, entre a estufa e a prateleira dos vinhos. Eis que a camisa se despegou da cintura e, erguendo-se sobre os rins, revelou como direi vergões, ouso supor unhadas, quem sabe mordidas, escrevam o que estou dizendo, esses rapazes são uns porcos, eu peço permissão para completar o meu pensamento, não tiveram berço, correto?

No estrado, tentando levantar-se, o menino voltou o seu interesse para duas baratas que se debatiam dentro duma garrafa. Com o dedo no gatilho — a mão exata e gelada no fundo da gaveta — e prendendo o herdeiro entre as pernas, o patrão examinava Joel My Friend. Não parecia um assaltante. Mas, fiado mora ao lado, quem parecia? Bebendo três ou quatro copos, urgentemente, molhando o queixo e o peito, Jô debruçou-se no balcão. O português foi puxando o revólver, suava de medo e prazer, com um sorriso na quina da boca e nos olhos a avidez da legítima defesa.

"Tudo OK", agradeceu Jô.

"Pois não..."

Joel My Friend deu as costas para um galo de Barcelos — em cima do televisor — e logo chegou ao toldo, parando no meio-fio. Em nenhum momento o português suspendeu a vigilância. Posto que a ociosidade tem sido a mãe de todos os vícios, ora, servimos bem para servir sempre, permanecendo a gaveta entreaberta, a barba do patrão só recomeçou a crescer quando Jô atravessou a Alameda Glete.

Que pena. Trouxe o filho para o colo e empurrou a gaveta com a fivela do cinto. Dali nunca erraria um disparo. O menino ficou em pé no balcão. Não existia nem mesmo o risco de espatifar os copos da pia. Tirou os óculos e limpou-os na barra do jaleco. Chato seria remover depois o sangue que se espalhasse pelos ladrilhos de meu estabelecimento. Com os diabos. O incidente poderia afugentar a freguesia. Foi melhor assim. Com os diabos.

RUA VITÓRIA

Joel My Friend vagava pela Praça Princesa Isabel. Nas calçadas do meio, caminhando pelo parque de estacionamento, ele percebia com a pele que os automóveis retinham e aumentavam o calor: dava para queimar a mão na lataria ou no cromado ofuscante. Uns garotos flanavam por ali, molambentos e com cara de fome, rindo sombriamente, trocando às vezes — entre eles — uns chutes com o peito do pé, sempre acariciando a féria no cinto do calção. Jô, pela semelhança, despertou a desconfiança deles. Alastrava-se pela cidade, rapinando, essa geração de unhas negras. Uma voz:

"Quer vender o Chevette?"

A hora ardia sobre as manchas de óleo, no piso, desfigurando-as numa luz fumada. Um lavador de carro interrompeu o que fazia e acompanhou Jô com um olhar de inimigo. Não tem lugar aqui, meu chapa. Estamos na pior. Arrebatou do fundo do balde o rodilhão encharcado, torceu-o com raiva até que Joel My Friend se afastasse.

Foi para a Rua Santa Ifigênia. Apesar do sinal amarelo, teve que correr para não ser atropelado por um Volks-TL. Ouviu a buzina e um grito irritado — um grito seco e sem ressonância — girando dentro dele como num aquário vazio. Me roubaram. Me surraram a noite inteira. Me amassaram debaixo das botas. Porém, no vozerio daquelas calçadas, Jô não conseguia lembrar nada com clareza. As fardas não tinham rosto.

    Talvez ele não quisesse lembrar. Talvez, a socos, no distrito da Zona Sul, tivessem contaminado a sua memória pela vergonha dum cassetete penetrando na boca, e não mordido, de medo, mas nojentamente babado no choro e na lamúria. Agora o braço entre a testa e o poste; e ao lado, com as moscas alisando de leve as asas, o testemunho da bosta preta. Para se ocupar com alguma coisa, Joel My Friend leu uma placa: Rua Vitória.

TIO MIRO

    Continuou andando. Sob a porta de aço, enrolada no alto, o gerente da loja sabia que Jô não ia comprar material elétrico ou máquinas agrícolas. Fechou a cara, e num cálculo rápido, feroz, conferiu a bugiganga das bancas. Rua Aurora. Um velho de boné estudava números no mostrador duma Facit. Apenas um avental de brim diferenciava as putas e as balconistas. Rua Timbiras.
    Vinha pelo centro do passeio um moço de sandália de salto, de saia cigana, miniblusa e cabelos à nazarena; com o umbigo de fora e uma pulseira rutilando, mostrava a coxa no desvão do estampado. Recostando-se ao tamborete dum bar, oi amor, encomendou o de sempre com bastante gelo, você sabe como eu me derreto nesse calor, querubim, e fazendo um beiço de mofa apontou com o ombro Joel My Friend parado no meio da rua, aquele está numa de horror, não demore com isso, pintoso.
    "Pronto, Herval. Hoje você punha a Leiloca Diniz no chinelo."
    "Você não viu nada, meu lindo."
    "Também você não deixa."
    "Só pagando. Nunca ninguém me deu de graça um figo podre."
    "Você não me falou que gostava de figo, Herval."

"Pois gosto. Tem figo aí?"

"Vou esperar apodrecer."

"Você não é de nada, meu anjo."

À esquerda dum brechó, num vestíbulo de soalho oscilante e com vista para um mulato sereno, de camiseta, que quase ia comendo por todas as aberturas da roupa uma lady já idosa, embora de fofas pernas e calcinha roxa, ali, onde uma escada exibia degraus de mármore e o corrimão de ferro forjado, elas se acotovelavam, mariscando. Isso também nas sacadas — acima dos toldos — e nas velhas janelas de batentes largos, mulheres anunciando-se, um pouco pálidas sob a maquilagem — seria o mormaço.

Quem estaria me espiando por trás da rótula destrambelhada? Alguém abriu essa porta para me pegar. As dobradiças chiaram, e agora um vulto me prende com tanta força. E me esmaga.

Sou eu, Joel, olhe, o seu tio Valdomiro, o senhor, venha me dar um abraço, Joel, que coisa, sô, o tio Miro, uma saudade do tamanho de Minas, meu filho, o tio Miro aqui em São Paulo, mas não posso acreditar, tio, pois acredite, menino, o mundo cabe em São Gonçalo do Abaeté, Joel, então o senhor sempre veio, tio, vim vindo, meu filho, não me conte que veio a cavalo e com a trouxinha na garupa, não, já sou mais moderno, Joel, já conheço rádio de pilha, eu vim de trem e com a trouxinha no bagageiro, tio Miro, no trem de ferro, meu filho, encolhido numa poltrona de palhinha, Joel, eu mais o galo índio.

Junto a uma loirona de bata de crepe indiano, era um soldado que estava na janela, acabando de vestir a farda; a pala do quepe — já sobre os olhos — escondia-os na sombra do quarto; os cabelos dela se agitaram lado a lado no ombro muito branco, mas ele, de cigarro na boca, abotoou a túnica e empurrou a folha da veneziana que se chocou contra a parede e quase voltava; então o coldre, ou o suado vinco entre os dois peitinhos, o soldado ergueu o queixo e passou a mão na cintura da mulher, por trás, moveu o cigarro nos dentes ao apertá-la, alargou a garganta e pareceu esticar as sardas nas costas nuas da loirona, amarrotando a bata de crepe indiano para, por baixo, subjugar a pele macia; depois ele dilatou o peitaço dentro da farda — do alto da janela — e acabou por soprar a fumaça no rosto anônimo da esquina por onde ia Joel My Friend.

Era um soldado. Não o tio Miro de São Gonçalo do Abaeté. Apesar disso, a lembrança preservava o espanto como se tudo estivesse acontecendo agora, no Paiçandu, na frente da Igreja de Nossa Senhora do Rosário dos Homens Pretos, e não naquela manhã em São Gonçalo do Abaeté, tão longe, sob um renque de bananeiras e com a aragem tarda a esquadrinhar o arruado na direção do córrego. Jô gritava:

"Tio, os frangos estão perseguindo o galo índio. Estão

bicando a cabeça dele."

"Que barbaridade", concordou tio Miro e certificou-se de que o cigarro de palha se firmara na orelha.

"Mas por que estão fazendo isso, tio?"

Sentado num mocho, perto da cerca de bambu, tio Miro esfregava alfarroba verde numa linha de pesca para torná-la rija e escura.

"Não entendo", teimava Jô.

Tio Miro explicou sem embaraçar a linha:

"O galo índio adoeceu."

"Desse jeito eles machucam ainda mais o coitado."

"É", disse o tio Miro.

"Podem até matar..."

"Claro que vão matar, Joel. Eu já não falei que o galo índio adoeceu?"

DIÁRIO, 1970

Março, 2. Também na Ilha dos Sinos, o diretor da penitenciária não manda aferrolhar as celas durante a noite. Segundo os costumes, é suficiente trancar em cada pavilhão as grades das galerias opostas. Daqui ninguém escapa, todos sabem. A *yara'raka* monta guarda na Queimada Grande.

Logo que o silêncio assenta como o fumo na aragem viciada, pesado e conivente, lençóis se esticam na vertical: e na face oculta da cortina, brilhando na escuridão a hora avessa, as fúrias rondam, se medem, se enrodilham, daqui ninguém foge, e se aplacam.

No entendimento do carcereiro de Santana Velha, eram "os íntimos do esterco", e ele facilitava os encontros na cadeia, ansiava por eles, suava de prazer, vigiava-os com excitação fedorenta.

Porém, como em qualquer depósito de presos, de vez em quando as celas da ilha são aferrolhadas à noite. Isso acontece quando os guardas precisam torturar um dos detentos, sozinho, para tanto, na única cela aberta. Há os que começam a gritar antes da surra, perdendo a voz antes do centésimo açoite. Estudos de antropologia carcerária provam que o homem dos trópicos não tolera mais que duzentas vergastadas. O capitão Lair Matias sempre adverte os guardas nesse sentido.

Martarrocha canta *Se todos fossem iguais a você*.

Março, 3. Ameaçou um aguaceiro, e ele caiu do outro lado da muralha, perdeu-se no Atlântico. Recordando as cinzas avermelhadas do céu de Venceslau, curvo e amplo, pensei num vizinho de cela, Mendes. Gordo, peludo, e com os peitos frouxos, ele matou a mulher e um peão de boiadeiro na cama, a tiros, no centro de Regente Feijó. Esquartejou os corpos a facão e espalhou criteriosamente os pedaços pelos cômodos da casa, a partir do abrigo do Volks. Sem lavar as mãos, telefonou para a polícia e sentou-se numa poltrona da sala de visita.

A sirena e as buzinas ainda entravam pelas janelas estreitas, quando o delegado e os investigadores empurraram o portão do jardim. Sombriamente, o motorista duma viatura vomitou no gramado. Entretanto, com honradez e impaciência, Mendes esperava-os sorrindo, o peso impondo-se nos estofados e fazendo as molas ranger. De cabeça erguida, cumprimentou a todos. Diligente, com solicitude franca, lamentou o ocorrido com o rapaz de estômago fraco. Aceitaria um cálice de Porto? Ergueu-se, confiou o facão e o Rossi-32 aos policiais, e cuidou que não escorregassem no sangue: mostrou os despojos: deixou-se fotografar com eles: ajudou um funcionário a recolhê-los em sacos plásticos: e era fotogênico.

Só pensava em fugir. Jurava que as malditas grades

de Presidente Venceslau não o segurariam até o fim da pena. Num outono seco, antes do amanhecer, enforcou-se numa teresa de dois metros. Ocupava uma cela do terceiro pavimento e não fez camaradagem com ninguém. Apreciava a minha mudez. Roendo as unhas e usando cinco centímetros de serra, acabou por deslocar duas barras da janela por onde meteu o corpanzil e jogou-se no espaço. Estrebuchou fora das grades, no paredão do segundo andar, e ficou dependurado pelo pescoço até que desamarrassem a teresa. Desabando sobre si mesmo, no pátio, semelhava um monte de roupa suja. Mendes. João Ramos Mendes. Sofreu algumas fraturas depois de morto.

Março, 4. Estourou uma briga perto da torre, mas quando os guardas acudiram, já estava restabelecida a paz da penitenciária. Os turbulentos já se apartavam com um esgar de deboche, "um tirando piolho do outro a tapa", nada mais do que isso, seu guarda. Um deles, Anísio, viera da Ilha Anchieta antes do motim. Alardeava ter experimentado na ilha cem vergastadas de maricota, um pedaço de borracha forrado de lona. Havia também, na carceragem da Anchieta, uns cassetetes de ipê, e não se negava ao condenado o direito de escolher entre o pau e a mangueira: algemado a um poste, com o sol a pino, o pior não era a surra e sim o sol ardendo nas feridas. Os detentos ficavam abraçados ao poste até a sombra chegar, demoradamente. Anísio aguentou o castigo sem gritar, pelo menos ele contou isso: não se orgulhava: mas não provou com cicatrizes. Um negro da olaria perguntou se o açoite não estragava a tatuagem.

Março, 5. Fiz mal em estar sem camisa no pátio: o Diabo-Loiro gostou de minha corcova: ele se ofereceu para tatuar ali uma âncora, agradeci. Ou um dragão, eu vesti a camisa. Pardo e bexigoso, com os cabelos alaranjados, Diabo-Loiro é o xerife do pavilhão sete. Artista da tatuagem, ele tem uns vinte latrocínios nas costas.

POR UMA GRANA

Yes. Eu preciso paca duma grana. Estou a fim de descolar uma quina com qualquer bofe que pinte por aí com cheiro de privada desinfetada. Yes. Com uma quina eu ponho stop nesta fossa. I want foder um bofe por quinhentos paus. Depois do show, mostrando só a beirada da nota no Corcunda da Tutoia, no galpão das motos tinindo de veneno, não vai faltar boy que me faça doação duma jaqueta de couro. Nada como uma quina para dar status. Putz, um dia vou ser polícia com licença de achacar, yes, conheço os podres e muito carinha aí vai tropeçar no revertério. But estou a zero now. I want to fuck you, bofinho. Com quinhentos cabrais eu tasco dez bolsas de fumo na Penha, e com dez bolsas quantos pacaus? Tudo depende de maneirar a mão. I like you, very much, my wonderful bofe.

Diante duma banca de jornais, ali o pôster duma peladinha — de costas, mas de tal modo que se percebia em baixo, no encontro das coxas, aquilo que no parecer do negro Ziri do Itaim era "o rascunho da tentação", Joel My Friend olhou de revés um sujeito de paletó amarelo que se colocara a sua esquerda. Era um baixote de cara lavada, de idade indecisa, com perfume de talco e têmporas de tinta preta — contrastando com a careca.

Joel My Friend manejou a braguilha e, com desconforto, inchou-a. O homem usava óculos de aro de tartaruga, bifocais, sendo que o olhar cresceu como bolha, junto às lentes, como se fosse explodir na direção de Jô. Fixou-se em Jô até que se gastasse o primeiro suor na sobrancelha. Agora os dentes: os dentes pela cova do sorriso: nos dentes o lampejo do convite. O baixote recompôs nos três botões a elegância do paletó amarelo. Iniciou:

"Tudo bem?"

"Tudo em cima", correspondeu Jô. Percorreram a viela do Paiçandu até a São João.

"Só de tarde chove", o careca desviou-se da multidão suarenta e saltitou no meio da calçada, sob a marquise duma loja de discos. Pareceu ter dividido com Joel My Friend um pouco de seu talco interior.

Na esquina da Rua Conselheiro Nébias, com o sinal fechado e uma negra tostando espetos numa churrasqueira de ferro, Jô advertiu o careca para o ângulo moral da transa:

"Eu costumo cobrar quinhentos."

"Que calor...", o homem do paletó amarelo avaliou severamente, na calça Lee de Jô, o contorno da braguilha. Repetiu: "Quinhentos... Só se for uma parte de entrada e o resto com um carnê."

"Você acha muito caro?"

"Você quer inflacionar o mercado, meu rapaz."

Passaram por uma hospedaria da Conselheiro Nébias.

O baixote pegou no cotovelo de Jô e estremeceu. Um aleijado — vendedor de brinquedos de lata — amarrara um barbante no poste e, acionando-o com o mesmo gesto maquinal de seus bonecos, fazia ir e voltar sobre o fio um urso de muleta. Joel My Friend fingiu ressentimento:

"Pô, eu preciso de quinhentos mangos. Você tem de sobra. Pô, estou a perigo."

"Isso é outra conversa", o homem do paletó amarelo esbarrou casualmente na cintura de Jô e logo aveludou a fala: "Eu dou a mão e me tomam o braço", sacudiu o dedo no ar para repreender Jô: "Eu gosto das coisas justas".

Tinham parado. Joel My Friend defendeu-se:

"É uma questão de consciência."

Retomaram o caminho, com preocupada lentidão, olhando detidamente a calçada e uma pilha de sacos plásticos azuis: o lixo dum edifício de apartamentos. O baixote comoveu-se ao dizer:

"Eu moro aqui."

"Então...", prosseguiu Jô.

"Se eu pagasse quinhentos a todo babalu que vem comigo, já viu, o dinheiro da minha aposentadoria acabava numa semana."

"Aposentadoria?"

"Sim. Aposentadoria", agitou-se o homem do paletó amarelo e avisou com firmeza: "Eu aprendi a nunca mais me sacrificar pela política. O Brasil não merece tanto".

"Então quanto, pô?"

"Não sei. A dúvida me assaltou e me esvaziou de todas as certezas."

"Pelo menos três pernas."

"Como?"

"Trezentos cruzeiros."

"Bem", suspirou o careca. "Vamos ver."

Não tocaram no assunto ao longo do corredor de cerâmica onde um gato, espalhando cascas de ovos, fuçava os restos engordurados dum embrulho. O porteiro afofava os cabelos panther defronte dum espelho. Nada disseram enquanto o elevador não vinha. Afinal o dedo — no painel — comprimiu o botão do quinto andar. A chave tremeu por um instante ao redor da fenda. Depois, como se hesitassem por causa da escuridão, eles enfrentaram sem nenhum consolo o apartamento úmido. Na vizinhança, vozes dubladas jorravam de cada televisor e fechavam o cerco.

O quarto foi clareando para Joel My Friend. Dava para perceber que não morava ninguém ali. Jô calculou que o careca desmunhecava só de tempo em tempo. Putz, a honestidade também devia encher o saco. O homem do paletó amarelo, ligando um abajur no soalho, soluçou:

"Você me espera um minuto?""

"Yes", disse Jô e se despiu depressa, amontoando a roupa no tapete e deitando-se de costas no sofá-cama.

"Eu não demoro...", escapou-lhe um gemido ao tirar

o paletó amarelo e dobrá-lo na almofada duma poltrona. O velhote correu para o banheiro com súbita agilidade. "Não saia daí..."

Joel My Friend começou a sentir o suor. Sabia que, se revirasse no avesso aquele paletó, não encontraria nada. Certamente o cara guardava a carteira no bolso de trás da calça, não valia a pena tentar o afano. Além disso, qualquer movimento na direção do paletó, o velhote estaria espiando pelo buraco da fechadura, putz, ia chiar. Estirando-se na colcha, entorpecido, Joel My Friend endureceu-se para terminar logo com aquilo e ouviu o barulho da descarga.

Abriu-se a porta do banheiro mas o cidadão, entrando com a luz do vitrô, bateu o trinco numa pancada seca. Ficou no quarto apenas a lâmpada do abajur. Um resto de água ainda gorgolou pelos canos. O cheiro dum desinfetante deu a volta pelas paredes e uma vareja zumbiu entre a cortina e a vidraça. O homem apareceu então para Joel My Friend, aproximando-se com alguma coisa na mão: era a dentadura, num copo que o bofe, sem exibir nem esconder, depositou no soalho, ajoelhando-se perto do abajur.

"Estou linda?", insinuou.

De peruca ruiva, meu saco, uma camisola arroxeada, transparente, mostrando o ombro de remador e o peito felpudo, eu não acredito, o sacrifício bem que valia uma quina, de batom e pó de arroz, nunca por menos de três pernas, argh, o gentleman cresceu num tamanco de pelúcia vermelha.

"Eu não estou linda?", gritou com fervor.

Perguntava se não estava linda, o puto. Instintivamente, Jô sentara-se no sofá-cama, encrespando um punhado da colcha na mão fria e suada. Sem os óculos, as olheiras daquela aparição eram medonhas.

"Well", exasperou-se Jô. "Quero saber quanto vou faturar."

Por ter removido a dentadura e afundado o queixo, descartando do rosto a sobra da virilidade, o velhote se assemelhava a uma mulher com medo, e compunha esse sortilégio como abertura de jogo, sem nada a fraudar diante do babalu e da lâmpada acesa.

"Trezentos...", ele acariciou o bordado da camisola. "Não posso mais..."

O RASTRO

Estava sozinho no corredor do quinto andar. Enfiou as três pernas no bolso e resvalou num ladrilho solto do vestíbulo. O mormaço sufocava. Good, com trezentos cabrais eu arranjo seis bolsas de fumo, e com seis bolsas quantos pacaus? Joel My Friend, encostando a cabeça no vidro granulado do vitrô, aspirou o ar que se elevava do pátio e olhou a parede do outro lado, uma visão brumada e óssea como os dentes no interior do copo, no soalho, à luz do abajur.

Resolveu descer pelos degraus. O suor colava-o a uma recordação visguenta. De repente, uma tontura, desequilibrou-se na diagonal da escada e escorou-se no corrimão curvo do quarto andar. OK. Só vomitou no terceiro andar.

Agora, sem fôlego, refugiava-se no canto do vestíbulo e esperava que nada acontecesse. Mas no chão, procurando os seus pés, a gosma do estômago começava a alastrar-se, pingando do rebordo e encorpando-se no degrau de baixo.

Jô, tateando ao longo da parede, desceu a escada e parou no último degrau. Voltou-se para ter certeza. Yes. O vômito ia pondo borbulhas verdes na sua pegada. Minha sujeira me persegue. Não espiou mais para trás.

Com dinheiro no bolso, limpou as solas no capacho e partiu para outra.

NO ÔNIBUS

    O homem de capa militar acendeu mais um Charm sob o toldo da mercearia. Joel My Friend — de soslaio — teve a impressão de enxergar através da fumaça o brilho de seus dentes. O ônibus apontou na esquina e circundou a praça. Jô mexeu-se na fila, bruscamente, como se tivesse tropeçado no meio-fio. Examinou a sola do tênis, por nada, e dali se estirava a sombra até o tronco da sibipiruna. Minha sombra tem um casaco de couro. Ia o vento com a poeira e um cheiro de graxa.
    Beiçola apertou o gorro entre as mãos até sentir o rolo de notas. Após o que, assobiando com suavidade, entrou no ônibus.

DIÁRIO, 1970

Março, 5. Elpídio Tedesco já descontou os três dias de isolamento por ter surrado e ferido Martarrocha. Embora não dispusesse de dois maços de cigarros Hollywood para pensar num compromisso mais sério, ele tentou, macio e sedutor, confiando na sua massa de dois metros e cem quilos. Na enfermaria, ouvindo certamente os conselhos de outro doador anal, Baiano So Long, pacato e desiludido, talvez Martarrocha se emende para não arriscar outra vez os ossos e seu precioso embrulho: a carne.

A turma da estrada sentiu a falta de Elpídio. Qualquer ferramenta na mão dele, marreta ou enxada, é uma escavadeira mecânica. João Carlos de Munhoz Ortega recorreu a Botticelli e a Rodin para retratar Martarrocha. Esguio e liso, sob o clarão do lixo que se queima ao fundo, ele se retorce como o fogo e pousa no pintor o olhar oceânico, apenas a inocência brilha na sua pele, e aos pés; fugindo de Bosch e do calor, uns peixes e uns ratos ensandecidos se espalham na areia.

Março, 7. Não cresci além dum metro e meio: isso não aparece nos esboços de Munhoz Ortega: e, a não ser no campo da mera opinião, nem há como certificar-se da altura, do peso, do cheiro, do medo, do sabor e da morte da jovem que serviu de modelo a Edvard Munch para o quadro *Puberdade*. Na gravura *O grito*, também de Munch, Ortega encontrou a minha boca de predador, só acrescentando os dentes miúdos. Descorou o azul até que dali saltasse a minha pele submarina e lívida. Todos admitem que Ortega me retrata num aquário. Sob os cabelos crespos e pretos, hoje grisalhos, a testa se arredonda, alta e sólida, apertando no negro dos olhos a sua essência lunar.

Só os descuidados e os viciados em maconha perdem tempo com o sonho e a evasão. Como sou um ser múltiplo, e um cinturão de água e cações me cerca, sempre fico de sentinela enquanto durmo. Para compensar, imagino por exemplo a jovem da *Puberdade*, cubro-a de dentadas e minhas unhas a dilaceram nas águas do Rio dos Mortos.

Março, 11. Sou bibliotecário. O sistema prisional não me interessa. Esta penitenciária tem oito pavilhões, ao rés do chão, opostos aos pares num retângulo de muralhas com uma guarita a cada dez metros. Os pavilhões de trabalho e o arsenal ficam fora do presídio; e também a casa do capitão, que ele raramente ocupa. Uma torre de cimento se planta no largo da entrada. Lá, com binóculos e armas, os guardas se revezam dia e noite. O pavilhão cinco pertence ao quartel. Uma passagem fortemente vigiada liga-o ao arsenal.

Quando as turmas são pequenas, como as da olaria e

da horta, o próprio chefe, um preso, faz a contagem no amplo corredor entre os pavilhões sete e oito, ao fundo, um pátio sombrio, conferindo-se na saída. Na horta, um guarda cuida da maconha, e o chefe da turma se encarrega da distribuição, a dinheiro. Isso limita o mercado, que se abre no repasse, já com a erva falsificada.

Inquieto-me quando os grupos se reúnem no pátio da torre, sob a mira de metralhadoras Ina; um dia calculei uns trezentos homens, alguns com jaquetas de nylon ou agasalhos de lã em cima do uniforme cáqui, fazia muito frio, e havia prisioneiros descalços.

O refeitório e a cozinha foram planejados para o pavilhão vip da penitenciária, com as salas da assistência jurídica, da barbearia e da biblioteca. Desgraçadamente, nunca encontrei entre os condenados um encadernador: não passavam de vândalos os que se distraíam com essa tarefa em Presidente Venceslau.

Os halterofilistas, não importa o crime que tenham cometido, sempre desenvolvem com disciplina e rigor a sua imbecilidade inata. Os ladrões se realizam na faxina, mas só os traficantes respondem à vocação de limpar e desinfetar as privadas. Criminosos sexuais lidam com eletricidade. Quando letrado, o assaltante gosta de redigir petições no setor jurídico.

Quanto a mim, sou mudo e atípico. Já cumpri oito anos dos cento e oitenta que me foram impostos pelo meu crime. Se eu pudesse, subiria correndo a escada da torre até o mirante e me apossaria, com alegria psicótica, não das armas e sim dum binóculo, para me iludir com o horizonte. De lá se divisa a Ilha Queimada Grande. Lá se esconde a *yara'raka*.

Estelionatários e falsários não enganam ninguém em nenhum presídio. Eles compõem um simulacro de comunidade científica, e improdutivos, sempre aguardando encomendas da família, jogam xadrez. Escolhem-se os barbeiros entre os homicidas. Apesar disso, o maitre Agenor da Silva Paranhos, que estrangulou quatro mulheres com o mesmo suspensório, conseguiu enriquecer na Casa de Detenção de São Paulo como chefe de cozinha, selecionando os fornecedores e indicando o valor mais conveniente para as notas fiscais. Homem de honra e gratidão, ainda que homicida, o maître jamais deixou de gratificar o corregedor — parece que Hildebrando Ruiz — com um Volks por ano.

Eu desejo a todo criminoso um arrependimento maior do que o seu crime.

Março, 15. De manhã, sempre chego mais tarde que Aldrovando Ulhoa, o Doutor. Ele faz a triagem das questões jurídicas para os presos. Abro a sala, as janelas, limpo as superfícies de madeira e passo no chão a vassoura de pelo. No cômodo ao lado, o Doutor já cuidou de tudo isso e agora rascunha as petições com a sua letra de contabilista, inclinada e econômica. Irá depois a uma Remington de mesa, relíquia da penitenciária, e cruzando as canelas sob a cadeira, repetirá inutilmente as fórmulas da revisão criminal.

A pele parda, as unhas arroxeadas, descamado e lento, ele cultiva uma tristeza canina. Grisalho e místico, nada o abate. Sabe ouvir os peticionários, e enquanto dura a entrevista, gira o apontador em meia dúzia de lápis e esvazia o depósito sobre a escrivaninha, amontoando fiapos. Cumpre pena por apropriação indébita e dois homicídios agravados por motivo torpe. Enriqueceu lesando as empresas que o contrataram para lesar terceiros. Para não subverter a receita pessoal, teve que afastar do caminho um gerente e um inspetor, a tiros.

Aldrovando Ulhoa, o Doutor, aderiu secretamente à maconha e corta o cabelo à escovinha.

Março, 21. Os gatos escondem os seus dejetos. Para isso também servem as autobiografias. Mas, por que esconder que os meus antepassados, da família Lourenço, eram ladrões de gado? Dois deles foram perseguidos e aprisionados pelo capataz dos Malheiros, isso em 1900, e assassinados num rio da Bacia do Paraná, do lado do Mato Grosso. Cada um dos meus parentes foi amarrado com cipó e raiva no costado dum boi magro: tocaram as reses para as piranhas: só isso.

Andaram contando que, enquanto gritos e mugidos ainda ressoavam na madrugada clara, e a boiada contornava o sangue, a vau, os esqueletos daqueles homens se soltaram no rio e se despediram, acenando: só isso.

Março, 22. Martarrocha não tem compostura: pensa que está em liberdade.

Março, 23. A Cordilheira do Peabiru corta Santana Velha em duas regiões. Uma, onde nasce o Rio Lavapés, também traz nos registros antigos o nome de Santana de Serra Acima. Lá, no alto da escarpa e com intenções góticas, os Guimarães edificaram a Catedral. Quem construiu a cadeia? O Lavapés se lança pelas fendas do chão rochoso até sumir entre os montes e reaparecer na planície de Santana do Rio Batalha, além e abaixo, junto ao Vale das Palmas, não mais que meia hora de viagem. Nunca se encontrou boiando no Rio Batalha alguém que se afogasse no Lavapés. Pelo que as águas subterrâneas do Peabiru se chamam Rio dos Mortos.

Convivendo com estúpidos, da justiça ou do crime, não pude trazer de Presidente Venceslau a biblioteca que fui colecionando rigorosamente, anos a fio, sugerindo doações e escolhendo as obras por meio da severa eliminação dos refugos oficiais, literários ou jurídicos, produzidos pelo comércio ou pela empáfia. Afastaram-me também de minha máquina de escrever, presente da antropóloga Ana Maria Balarim Cotrim, uma Olivetti de mesa.

Mas nestes treze meses de Ilha dos Sinos, com um arquivo de aço e outra Olivetti de Ana Maria, organizei um fichário para quase mil livros, até agora, que a antropóloga me envia periódica e discretamente, adulterando a capa de alguns para burlar a censura. A *Introdução ao estudo do marxismo*, de Engels, Talheimer, Harari e Segal, da Calvino, por exemplo, veio numa pele plastificada de Harold Robins. Posso ler na minha cela, comodamente, os seis volumes de *O capital de Marx* na tradução de Luís Guilherme Braga, edições Vitória, sem ser interrompido por cretinos.

Abril, 13. Meu pai quer fazer de mim um pedreiro, ou um pintor de paredes, lembro-me. Entretanto, depois dum incidente na casa dum médico, na Rua Marechal Deodoro, o tio Artur resolve que eu devo aprender logo a ler e a escrever, lembro-me. Um mudo não precisa de letras, aborrece-se meu pai. Eu vou ensinar o menino, diz o sineiro da Igreja de São Benedito. As aulas não impedem que os Lourenço da Rua do Sapo, seu estigma e seu mudo, trabalhem com os Guimarães — desde as fundações — na Catedral de Santana Velha.

As famílias antigas, e portanto cristãs, de Serra Acima e do Rio Batalha, essas que não geram nas suas camas de carvalho lavrado nem mudos e nem criminosos, cobrem com alguma sobra o custo dos vitrais que o bispo diocesano manda forjar na Itália. São doze vitrais, lembro-me.

o motim na ilha dos sinos
capítulo 3

BEIÇOLA

Beiçola não estava usando a sua blusa de flanela. Expondo os músculos ao frio, ele deu ao cobrador o dinheiro trocado e empurrou a borboleta sem se distrair. De camiseta branca, amassada, e que ao negro parecia suada apenas pela circunstância de vesti-la, ele enlaçara as mangas da blusa na cintura, deixando que as abas cobrissem os bolsos traseiros da calça Lee. Sentou-se perto da janela e abriu-a um pouco, apenas uma fresta, para que a corrente de ar disfarçasse o cheiro de sua boca. Apesar disso, comprimiu o gorro contra os lábios quando uma garota acomodou-se ao lado, de mochila a tiracolo.

Por Santo Amaro da Purificação. Beiçola tremeu com o arranco do ônibus. Teria aquela menina patinhas de unhas com esmalte vermelho? Curvou-se, e apoiando a testa no vidro da noite, atordoado, acompanhou nas costas o circuito do arrepio. Teria peitos de calota? Bicudinhos? O negro julgou ver na janela o reflexo de seu suor. Duas tranças? Penugem na nuca? A Ponte da Casa Verde estilhaçou luzes ao redor de seus olhos. Como Guiô da Quarta Parada, ela desmaiaria em cada balanço da rede? Exalaria minuto a minuto o último grito? Pelo menos, de Guiô, teria a garota uns olhos de represa?

Beiçola descobriu o rosto e baixou o gorro para a braguilha. Como quem se desabotoa, ou arregaça um pano, meticulosamente, foi liberando do oco do tricô o rolo de notas, que estalou, empinado e pronto. A menina tocaria? O negro não se atreveu a espiar de esguelha. Pegaria? Pela fresta da janela, o ar depunha entre os seus dentes todas as manchas da velocidade noturna. Alisaria? Morderia? Arrancaria?

Subitamente calmo, tanto que chegou a espreguiçar-se por um momento no encosto do banco e agora esticava as pernas, Beiçola, sem nenhuma urgência, escorregou o olhar para a direita. Porém, a jovem da mochila a tiracolo desaparecera. Outros passageiros também saltaram na Duque. O negro percebeu o inverno. Joel My Friend saiu na Rio Branco. Beiçola, enfiando o gorro entre a camiseta e a calça, logo atrás da fivela, refez o laço da blusa na cintura e desceu na esquina da Ipiranga.

A multidão se desfazia na calçada, como a fumaça dos carros, e logo se recompunha sob os luminosos, ou nos canteiros, sob a copa das árvores negras. A cidade arfava e produzia visões. Enquanto Beiçola se esgueirava para não abalroar um velho de boné e cachecol, um homem intrometeu-se com os cotovelos, por trás, empurrou-os com raiva e seguiu por uma galeria, com muita pressa, pisando num resto empoçado da última chuva e falando sozinho. Na São João, antes da faixa e exibindo um inútil silêncio, pessoas se agruparam apenas para esperar o sinal verde. Rapidamente se separaram no asfalto listado de branco.

    Beiçola enveredou pela Joaquim Gustavo. A rua estava deserta, e isso não chegou a surpreendê-lo. Os camaradas que frequentavam aquele pedaço, depois das dez, preferiam ir ao Cine República pelas vielas da praça e de seu arvoredo. Brilhavam, à distância, os letreiros do cinema. Há algum tempo Frankenstein se despedira da tela e dos cartazes; no entanto, nos banheiros do Cine República, ainda, para quem se interessasse por um contrato de cocaína, não mais a reles maconha da Caetano de Campos, bastava murmurar a senha: "Você tem medo de Frankenstein?".

    Um casal, vindo do Arouche e parando no encontro da Joaquim Gustavo com a Pedro Américo, a mão do homem no ombro da mulher, examinava com a memória uma sala de primeiro andar, as vidraças refletindo os painéis do largo.

    — Já não existe mais — o homem, de barba curta e paletó de tweed, tocou na maçaneta da porta fechada.

    — Que pena — riu a mulher. — Nada como uma pizza acima do solo e de nossa ditadura cordial. Mas eu queria mesmo era rever a escada de madeira.

    — Sim — recordou o homem. — A escada balançava mais do que o garçom.

    A mulher ocultou os dedos nos bolsos de sua jaqueta de couro. Sob o queixo, o lenço de seda indicava o rumo do vento, e ela se divertia só com o fato de estar junto daquele homem. Ela volveu para o negro — atrás dum poste — o nariz judaico. Beiçola acercou-se:

— Por favor, que horas são?

— É noite — respondeu o homem e expandiu-se como um italiano. — Se a noite é certa, rapaz, por que você precisa da hora errada?

— São dez e vinte — falou a mulher e, puxando o marido pela manga, passaram resolutamente entre o poste e o mostruário duma agência de viagens.

— Ou dez e trinta — de longe, acenando para Beiçola, o homem recobrou a nitidez na breve claridade do trajeto para, sem demora, ser diluído pela sombra.

O negro pensou, esse branco, a testa perfeita para um tiro, riu com urbanidade, meu irmão, o sangue ensopando aqueles cabelos despenteados, seguiu pensando com filosofia e sutileza, a memória daquele homem sendo expelida pelo buraco da bala e lambida na calçada por um transeunte de sarna e pulgas.

— Boa noite, senhores, e muito obrigado — Beiçola avaliava-os serenamente, até com alguma simpatia, esses brancos, nem Rolex e nem Cartier, continuou rindo, mas um Seiko, ou um Orient, era só fazer do gorro uma visagem de tresoitão, e ir depenando numa boa; porém, esse era o mal das grandes cidades, quando menos se esperava, meu irmão, apareciam os curiosos e as testemunhas.

Intervalo. Aqueles brancos não lhe eram estranhos. Beiçola desatou a blusa da cintura e vestiu-a. "Tenho dinheiro para um café", recordou com modéstia e atravessou a praça. "Você tem medo de Frankenstein?". Na lembrança, vivamente, a senha induziu-o a compor no rosto os vincos do entendimento e da indiferença; contudo, meu irmão, nada aconselhava que isso se externasse diante de possíveis depoentes, ainda que pacatos e paisanos, soprando o café em copos de vidro. Além do mais, saindo muito devagar da Vieira de Carvalho, uma C-14 sem chapa estacionara numa das vielas do jardim.

O negro interrompeu-se como quem, tateando pelos bolsos, procura os cigarros. Um homem alto, meio gordo, de casaco de lã crua e olhar nostálgico, veio do fundo da lanchonete com um cartucho de pães sob o braço. Beiçola abotoou a blusa e entrou. O homem piscava sob a luz da marquise. Uns sujeitos abandonaram a C-14 e o atacaram a socos, sabendo o que faziam, derrubando-o da soleira aos ladrilhos da calçada, e antes que ele caísse, gritando mais de ira do que de dor, já estava quase sem as calças, os caras da C-14 também gritavam, ele escondia acima do tornozelo um coldre com um Taurus-32, arrancado dali e erguido em triunfo para as testemunhas. O café esfriara nos copos de vidro. Entretanto, como observou Beiçola, os pães escaparam pelo rasgão do papel pardo e se espalharam na sarjeta, em torno do homem alto que, agora sem o casaco de lã crua e espiando de baixo para cima, sob a luz da marquise, sentia o peso viscoso do sangue numa pálpebra. Depois, na boca, o aço duma 45 do Exército.

— Você não me impressiona mais, Rubens. Você grunhiu como Leon Trotski diante do machado de Ramón Mercader.

— Estou exausto, capitão.

— Engels nunca se cansava.

— Ele não precisou enfrentar a Polícia Política do Brasil, capitão.

— Você me decepciona.

— O perseguidor sempre esbarra nesse estado de espírito quando a perseguição termina.

— Você me provoca pena e repugnância, Rubens.

— Por não ter mais para onde fugir?

— Também isso.

— Capitão, faça com que me apaguem imediatamente, no lago do jardim.

— Rubens, Rubens. Hoje mesmo você estará comigo na Rua Tutoia.

— Capitão, por favor.

— Na minha área, Rubens, eu também sou ortodoxo. O que diria Marx de seu protesto contra os princípios?

Ajoelhado, Rubens conseguiu sentar-se na sarjeta. Tossiu, vomitou na camisa. O capitão revelou no canto dos lábios um sorriso trêmulo. Disse:

— O revisionismo sempre começa no estômago.

Beiçola, que pedira o café mas não seria capaz de ingeri-lo, e largaria no balcão o copo fumegante, viu Rubens ser arrastado para a C-14. O silêncio confundiu-se com a claridade lunar do jardim. Notou Beiçola que os pães tinham sumido — como os indícios dum fato. "Você tem medo de Frankenstein?"

O BUSTO DE DANTE

Deixa para trás o vulto amarelo da Caetano de Campos e segue para a Consolação. De mãos nos bolsos, beliscando o dinheiro e entreabrindo os beiços contra o vento para que o odor de seu hálito se dissipe ao longo do Centro Velho, ele percebe que, andando ao lado de gente desconhecida, não tem nada para recordar, a não ser Guiô da Quarta Parada.

Faz frio para um chope. Porém, na esplanada dum bar, atrás da Biblioteca, uns intelectuais de barba e queijo com orégano não se importam com isso e nem com o busto de Dante. Um deles, os óculos entre os dedos, a imaginação vagando, limpa as lentes na gravata estreita e acompanha os gestos duma mulher de pernas cruzadas, joelhos eslavos, minissaia de couro, coxas obcecantes, meia-calça fumada, pentelhos isósceles e umbigo luminescente. Com ou sem calcinha? Eis a questão.

O rapaz investiga através dos óculos.

— Qual a diferença entre o estupro e o atentado violento ao pudor?

O mais velho, de pulôver e conhaque, mede a mulher a olho nu. Depois, escolhe na travessa uma fatia de salame e espeta-a com o palito.

— Cinco centímetros — tira pacientemente os nacos

brancos de gordura que se acumulam, indecorosos, no cinzeiro e num guardanapo amarrotado. — Esses crimes não devem ser cometidos no escuro. Serei sempre um inimigo dos desvios da reta intenção.

— São exatos os seus centímetros?

— São estatísticos, meu jovem amigo.

Com inteligência, mastigam ante o tornozelo seráfico da mulher. Debaixo dos óculos, o nariz do rapaz se inquieta. No bar, o som dum saxofone cria a sua volta um âmbito de culpa e nostalgia. Beiçola não se aventura além da calçada e desiste de bebericar com aqueles marginais da alta. O homem do pulôver considera por um momento a ponta fina do palito.

— Claro que o destino existe — retoma o fio da conversa. — Mas apenas para os omissos. Se eu pegar um revólver agora e alojar uma bala na têmpora do garçom, gratuitamente, eu estarei interferindo na biografia dele e na minha. A placidez do destino se interrompe por um ato de vontade.

— Por favor, não mate o garçom — o rapaz implora com arrebatamento teatral e obtém da mulher uma fração de olhar.

O mais velho:

— Isso depende da conta.

Beiçola se afasta. "Não mate..." O negro sorri com ironia e mau hálito. Aqueles espiões de xota, atrás da Biblioteca e discutindo o destino, tinham mais farofa no papo do que os parceiros da Vila Dalila. Por muito tempo ainda o garçom embolsaria a gorjeta dos cretinos. Ali ninguém iria esganar uma codorna ou pisar num escorpião. Beiçola cruza os braços, com frio. O canto do sax o acompanha até a esquina da São Luís.

O CORTIÇO DO PARAGUAIO

Beiçola toma um ônibus para a Zona Sul. *Irmão, frequentemente você entra num ônibus sem atentar para o significado desse ato*, estou citando. *De certo modo e enquanto dura a viagem da vida, meu amigo, você é esse ônibus e tem um destino a ser cumprido no mapa da humanidade. Em você viaja um passageiro com o recado cósmico de descer num dos muitos pontos do itinerário. O que me obriga a aceitar como verdade que aquele passageiro só pode tomar um único ônibus?* Beiçola percorre a Avenida 23 de Maio até a Rua Sena Madureira.

Saberia o reverendo Damasceno de Castro que ali, depois do viaduto, a mensagem astral dos passageiros se torce em queixas e cuidados nos bancos de trás dos carros? Travestis e putinhas compartilham o território e cobram cinquenta cruzeiros a chupeta dentro do automóvel; e oitenta na calçada, ou entre as árvores do canteiro. *Nesta parábola, meu amigo, só os ônibus encontram o seu dia de desmanche, nunca os passageiros.* Magno Damasceno.

Salta na esquina da Rua Bacelar e, rente aos muros da Marinha, um vulto se desfaz do escuro e se desnuda enquanto se aproxima. Beiçola reflete, homem ou mulher? Homem, porque só homem tem orgulho de seus seios, na Sena Madureira, e o cheiro de seu suor se confunde com o talco e o uísque. Puta cheira a bala de menta. Boa noite.

 Sobe a ladeira e encontra a Rua Borges Lagoa para comprar numa mercearia, ao lado da Igreja de São Francisco, uma peça de oito quilos de mortadela. Por Santo Amaro da Purificação. Apressado, de fôlego curto, esquece que também queria um conhaque (não lavará a boca esta noite) e retorna pela Borges, rumo à Rua Leandro, onde assobia baixinho para a mortadela. Ninguém na Leandro. Porém, por trás das venezianas cerradas, move-se a luz da TV. O negro carrega ternamente o embrulho da mercearia. No meio do quarteirão, entre a Borges e a Diogo, desencostando a sibilante folha dum portão de ferro e empurrando-a, ele desaparece no cortiço do Paraguaio.

A MORTADELA

Tinham dependurado a roupa nos varais de arame. As baratas se estampavam nos panos, logo estavam secos. A água escorrera pelo chão, ia parando no lixo, arrastava dificilmente algum detrito para a rua: o pior eram as fezes humanas, aos pedaços, com o resto da comida, as cascas, a lama e os ratos mortos. Com o estalo da chave na fechadura, ocorreu a Beiçola que, no cortiço do Paraguaio, ninguém esquecia os trapos no quintal. Portanto o que parecia silêncio, ou abandono, era só vigilância e espreita, quase uma emboscada. Até ladrão de calcinha sabia disso.

Abriu duma vez a portinhola do cômodo para afugentar os ratos. Dentro, de modo a distinguir com o canto do olho a blusa de malha do último arame, alcançou com a mão o teto e acendeu a lâmpada. Dali não podia ver, mas eram dois banheiros no fundo do galpão: apenas um trancado e, como sempre, com gente fodendo. O negro bateu a portinhola e depositou o embrulho na cama.

Mulheres, nunca uma só e nunca mais do que três, a pretexto de ter a sua roupa secando, esperavam atrás de portas e janelas, espiando com furtivo alvoroço e já sem as unhas para roer, agonicamente, com calafrios e incontinências, secretando humores íntimos e espumando pela esguelha dos beiços, apavoradas, na ânsia de que saíssem da privada os amantes de sua preferência ou desconfiança. Beiçola apanhou a faca.

    Ajoelhou-se. Com a ponta da lâmina, cortou o barbante e deslocou-o dos sulcos. O fio que, no centro, apertara aquela pele de bexiga de porco, soltara um gomo para cada lado. Beiçola feriu o couro pastoso e moreno da mortadela. Ao arrancá-lo, inteiramente, engordurou as mãos e viu uma ratazana encolhendo-se em cima do travesseiro. O negro colou a boca na carne macia e nua. A saliva preencheu um sulco e escorreu até sumir no lençol.

O AQUARTELADO

Não se dava com ninguém, mesmo no tempo da Força Pública. A farda não era um destino, nem o quartel uma prisão. Cautelosamente, no Barro Branco ou em diligências de rua, só se destacava quando não podia evitar. Barra, corda, bastão, peso, mantinha-se em forma com os exercícios e não apareceu quem o superasse na luta simulada ou em operações de destreza. Pior do que vencedor, ele era indiferente, e portanto uma ameaça. Quando corria, não desviava os olhos da pista e jamais disputava com os outros soldados. Protegia-se com o empate e a obscuridade. Nu, fazia o estrado vergar sob o chuveiro frio do quartel. Dos outros, apenas tolerava o cheiro do suor, e o devolvia, solitário e perigoso.

Só um dos treinadores, o sargento João Lopes Neto, desconfiara daquele recruta que, escondendo o jogo, não competia para não ter que aderir. Competir sempre significou respeito pelo adversário, dizia o instrutor. Luciano nunca respeitou ninguém.

Não durou muito a inteligência do sargento João Lopes Neto, mais alto do que baixo, moreno, peludo, grosso, encrespado como um ouriço, desleal e sagaz como um mulo. Uma bala de escopeta pegou-o na têmpora esquerda e desmanchou num bueiro o depósito cinzento de sua cabeça. Graduado da Polícia Militar, desde que extinta a Força Pública, ele morreu num tiroteio com assaltantes de banco, em 1970.

Depois disso, nos estandes, com absoluta precisão e um sorriso exato, o PM Luciano divertia-se em não ganhar os concursos de tiro. A época estimulava um secreto desprezo aos heróis e aos civis, porém como não admirar os lampejos da lucidez criminosa de A. C. Noronha? Eram dele as melhores aulas da Academia Militar. Luciano correspondia.

Dentre os cinco escalados para intoxicar-se de gás no túnel sob o quartel, num exercício que só será suprimido se algum soldado morrer, foi ele o único que terminou a prova sem socorro médico. Instintiva a violência do PM Luciano, a corporação modelou-a com método, e incutiu-lhe eficácia: a impunidade: a autoridade sem culpa.

PARÁBOLA DO REVERENDO DAMASCENO DE CASTRO

Irmão, a miséria custa muito caro aos miseráveis; portanto, levante-se logo e vá sustentá-la com o sacrifício diário. Não se atrase. São cinco horas da manhã, vagabundo. Apanhe a sua camisa: estenda-a sobre o caixote e raspe com a faca, no tecido sujo, o sal de seu suor de ontem. Guarde esse sal para a sopa da noite, vagabundo.

Enquanto você se lava na torneira, e engole o café grosso, eu lhe conto o caso de Elpídio Tedesco. Esse homem era dono duma mercearia na Rua dos Estudantes, na Liberdade, perto da Capela da Santa Cruz dos Enforcados, num daqueles sobrados amarelos com subsolo para contrabando e morcegos. O estoque da casa era sortido, e Elpidião, separando as contas, bebia com os fregueses. Nunca deixou de surrar de cinta um devedor. Brigava aos gritos, e como um touro, estúpido e possesso, erguia no ar a vítima e a aparava com um soco duplo. Ganhava apostas, sempre com o dinheiro casado num boné de couro, suspendendo em cada antebraço, de joelhos e a partir do ladrilho do chão, um tonel de mais de cem litros. Entenda, um em cada braço, vagabundo.

Tinha um saco tão grande que parecia rendido. Como o resto acompanhava a proporção, nunca lhe faltou xota para o alarido do catre e a anarquia do desejo. Um dia lhe surge na Galvão Bueno uma Josefa de ossos nordestinos e olhos de azeitona verde, já grávida dum Eduardo, mas não se percebia. Sob o toril da esquina, os cabelos escorridos e uma pressa ao andar, no tumulto japonês daqueles quarteirões, ela movia suavemente a carne redonda, os músculos da perna retesando-se, isso ele reparou na soleira duma loja de miudezas. Ficou tonto, era de manhã, ameaçava chuva e ele ainda nem tocara no copo.

Mudo, declarou-se Elpídio a Josefa com paçocas de amendoim e balas Toffer. Certa noite, chegou ao pão de rosca e ao salame do Rio Grande, oloroso e quase sem gordura, num cartucho com o carimbo azul da Casa Tedesco, *volte sempre*. E atingiria o desatino do presunto fatiado e do vinho tinto se Josefa, encostada ao balcão, trêmula e cor de manteiga, não se denunciasse pelos três botões inúteis das bermudas.

Com a cólera, meu irmão, experimentou Elpídio os riscos da lucidez. Quem era o noivo Eduardo? Esguio, com oxiúros e nobreza evangélica, tímido e loiro, ele imprimia na gráfica do Diário Oficial aos domingos, colocava a preço fixo nas bancas e divulgava pelo Centro Velho de São Paulo, tudo muito recatadamente, os sermões ilustrados do reverendo Carlos Zéfiro*. Elpídio enfiou no bolso um

---

*Folhetos pornográficos

revólver e fechou a Casa Tedesco. Farejando Josefa no paletó cintado do noivo, ele refez o circuito das bancas, da Galvão até a Glória, perguntando pelo sujeito alto e meio giboso, na Sete, na Sé, na Quintino, na Direita, polido e magro, por nome Eduardo, carregando os opúsculos de sua crença, de todos os quiosques acabava de sair o missionário, na Conde de Pinhal e de novo na Galvão, mais leve a bolsa de couro de crocodilo.

Até que o descobriu no umbral da Capela da Santa Cruz dos Enforcados, numa imobilidade mística diante das velas que se desfaziam em calor e cheiro, empenhado na contemplação e na coceira clandestina. Disparou por trás, cinco vezes. Nenhum tiro se perdeu, como se perdeu e arrebentou duas vezes a corda que injustiçou por ali mesmo o cabo Francisco das Chagas, do Segundo Batalhão de Caçadores, em 1821, sob os pés de quem o alçapão do cadafalso abriu-se uma terceira vez, para consternação e gozo popular, porque ele reclamara aumento de soldo.

Já chega, irmão. Não deixe para outro pingente o seu lugar no ônibus por causa de Elpídio Tedesco. Se ele não gastou em vão nenhum tiro, traiu a cabeça por uma Josefa que não era sua. Oremos.

DIÁRIO, 1972

Janeiro, 23. Li algumas petições de Aldrovando Ulhoa, o Doutor. São todas iguais, não importa o crime, e muito menos o criminoso.

Conheço penalistas que escrevem e publicam por motivo fútil. Não há jurisconsulto com emprego público que não retenha no tinteiro, pronta para sair, uma obra do ócio e dos vagares, por exemplo, *Da legítima defesa da honra*. Divulgam o óbvio com formulários e pagam a edição com a pecúnia das férias acumuladas.

Estavam na biblioteca, porque enviam para todas as penitenciárias, cinco livros com esse título, de autores diferentes. Hoje, depois da limpeza, carreguei um lote de rebotalho impresso para a sala da assistência jurídica. Manso e humilde de percepção, o Doutor me agradeceu.

Janeiro, 25. São raras as visitas, e sempre as mesmas. Velhos, aleijados e mulheres de Santos, São Vicente ou Cubatão aparecem de vez em quando para rever traficantes consanguíneos e ladrões colaterais. Não existe pena perpétua no Brasil. Mas na Ilha dos Sinos o presente é perpétuo. Quem recebe visita perde prestígio. As nuvens formam a cabeça da *yara'raka*.

Janeiro, 27. Na segunda metade do século IX, Baixa Idade Média, uma mulher fez-se passar por homem, e assim, traindo gravemente a sua condição, foi obtendo dignidades eclesiásticas até tornar-se sumo pontífice. Como homem, interveio na política dos carolíngeos e ampliou o poderio do papado. Salvou Roma do massacre e da irrisão, subornando os sarracenos. Foi assassinado, como homem, numa conspiração cardinalícia. Mas antes de restituir a alma ao Criador, teve tempo de, como mulher e durante uma procissão, parir um infante. Era o filho das entranhas duma papisa, a Joana, ou João VIII.

A história se repetia, o Messias retornava, e mais uma vez ambos esbarravam na descrença duma Igreja mesquinha, e nas desconsolações duma fé acovardada e espúria. Não só os dominicanos e os redentoristas, mas até os franciscanos e os padres-operários ainda negam o acontecimento, desde que não previsto nas escrituras. *Simplesmente negam porque os livros sagrados não anunciam o fato.*

Se em nossa casa um parente entra sem bater, Deus precisa ser anunciado?

Janeiro, 28. Este caderno andou esquecido no fundo do arquivo de aço. Dei preferência a outro, grosso e de capa dura, onde estou escrevendo um *Diário metafísico*.

A Ilha dos Sinos tem dois povoados de pescadores. Todas as manhãs, o barco Ubatuba, com o seu ar de batelão, pesado e lerdo, trazendo os mantimentos para a penitenciária e transportando os condenados, carrega peixes e camarões na volta ao continente, no porão, em caixotes de gelo e pó de serra.

Desde que cheguei, há dois anos, onze meses e cinco dias, só um prisioneiro morreu na ilha. Ninguém pediu permissão para acompanhar o enterro. Era um assaltante por tendência, falsário benigno e parricida por acaso. Morto no presídio, ele deixava metade da pena sem cumprir. *Morrer sem descontar inteiramente a condenação deveria ser considerado circunstância agravante.* Grifei.

Ensacaram o homem na cela, sem limpá-lo, ele fedia a charco poluído, e dentro da Kombi acabaram de costurar com fios de aniagem a boca daquela mortalha. Perguntaram se eu queria ir com eles ao cemitério. Não se recusa um convite da autoridade. O morto me aceitou a seus pés e paramos na porta da serraria para apanhar o caixão. Não saí da perua enquanto pregavam as tábuas.

A civilização rejeita a morte: por isso, o odor da gasolina me trouxe alívio. Consegui ver pela janela suja da Kombi, na praia, uma garça entretendo-se com os restos dum peixe. Depois do primeiro povoado, vinha a igreja, uma capela colonial em ruínas, e atrás, um cemitério de campo, sem muros a não ser o oceano e a mata. O vento da tarde fazia retinir as placas entre as ondulações da terra crespa.

Sem família que o reclamasse, segundo os costumes, o parricida ia ser sepultado ali; um gavião planava sobre o cemitério. Puseram a carga no caixão de pinho e o fecharam a martelo. O saco de estopa, tendo aderido ao corpo, se não lhe dava uma feição, assegurava-lhe um contorno, e mais não exige a matéria humana ao ser enterrada.

Manejaram as cordas, acomodaram o caixão e a terra na cova sombria, bateram as pás no chão áspero, e quanto ao morto, já o tinham esquecido.

Janeiro, 29. O tempo. O tempo me dilui e me separa de mim; depois me devolve outro, nunca o mesmo; eis o acréscimo que me desgasta e envelhece. O tempo se move como um rio escuro e não só me arrasta, me invade. Eu me afogo na água da memória.

O tempo, repartindo-se em instantes, me fratura, me divide, me esmaga, me recompõe. Eu sou essas inúmeras imagens de mim, pedaços, cacos consecutivos no sentido da morte. O tempo, para existir, depende dos instantes: ele se lança, passando, indo dum instante para outro instante.

E eu? Quanto eu dependo de meus fragmentos? Se eu cercasse o instante, se eu o conservasse, o tempo não passaria: isso: o tempo não passa para os loucos.

Janeiro, 30. Ontem confundi os cadernos. Hoje me disponho a defender a tese de que a calvície dos clérigos sugeriu a tonsura. A liturgia não dispensa a estética.

Fevereiro, 15. A noite se fecha sobre o silêncio e deixa as fendas por onde escapa o cheiro da maconha. Vício de uns e tráfico de outros, a maconha, feminina e indolente, é a paz da prisão.

Fevereiro, 23. O capitão Lair Matias descobriu em Itanhaém um encadernador que apenas em troca de paciência, sem nada cobrar da penitenciária, realiza demoradamente o seu artesanato. Hoje voltaram para a biblioteca, num volume, os quinze exemplares da *Geographic Mail Magazine*, Science Institute Press, 1959 e 1960, de Melbourne, Austrália.

Um artigo de Kenneth James Richardson, na revista cinco, põe de lado a geografia da aparência e se preocupa com os acidentes físicos que estão encobertos pela água e pela terra. Deixando o oceano a cargo de Jacques Cousteau, o professor australiano escreve, com cautela pedagógica, que as convulsões da geologia não só determinam as inundações, mas também o contrário, o soterramento de lagos, rios, mares, ilhas, vales e montes. Acrescente-se que, para Kenneth James Richardson, "o vale é um lago vazio". O estudo intitula-se *As cordilheiras soterradas*.

Ainda para Kenneth, os Andes não se esgotam na sua visible landscape de precipícios, penhascos e neves eternas. Uma arqueologia do ponto de vista geográfico, não histórico, e já empreendida em toda a extensão do sistema andino, o que resultou numa verdadeira radiografia da cordilheira, mostra-a como uma espinha dorsal, e não apenas como um dorso, com montanhas invertidas e cravadas no subsolo.

O conjunto, ou sistema, deriva de rochas formadas

pelo mesmo cataclismo geológico. No caso dos Andes, o mais longo de seus braços soterrados alcança o centro-oeste da região meridional do Brasil.

Eram três horas, soou o apito roufenho do Ubatuba, o barco estava de partida para o continente.

Deixei o volume aberto nas duas páginas onde se esparrama nada menos que o mapa subterrâneo dos Andes. Com o dedo trêmulo, e superando um calafrio, fui observando detidamente até onde se expande o basalto andino. Cheguei, a princípio assustado, e depois incrédulo, aos contrafortes da Cordilheira do Peabiru. Não me pareceu absurda a distância. Fechei o volume. Já sibilava pelos janelões gradeados da biblioteca a chamada para a contagem do terceiro pavilhão. No pátio da torre, junto a outros prisioneiros, pensei, o significado de Peabiru não se restringe a caminho do Peru, abrange também a ideia de caminho pelo rio.

O Rio dos Mortos, que não carrega os afogados do Lavapés para o Rio Batalha, leva-os para onde? Resolvi que nesse momento a praia não me atraía. Na cela, estirei-me ao comprido do catre. De onde vieram aqueles índios de aura incaica que preparavam no inverno de 1960, nas grutas de Santana Velha e em vasos de barro, o nobre chá da *ayahuasca*? Diziam ter plantado a chacrona por ali, mas as outras sete ervas da infusão, já secas e prodigiosas, eles traziam em alforjes de lã e couro. Vestiam poncho de alpaca e amarravam os filhos às costas.

Fumavam em grupo, vendiam coca e uma estatueta de cedro, pintada de preto: era *o Diablo de Oruro* e garantia uma boa sorte.

Fevereiro, 24. Desde Presidente Venceslau, divido o cubículo com João Carlos de Munhoz Ortega. Somos os réus mais ilustres de Santana Velha, eu de Serra Acima, e ele do Rio Batalha. Os pioneiros da família Balarim instalaram-se em Serra Acima. Porém a antropóloga da aldeia, Ana Maria Balarim Cotrim, prefere João Carlos. Eu compreendo.

Abril, 2. Há ratos demais nesta ilha. Percebi que eles não me incomodam. De qualquer maneira, mantenho limpa a biblioteca. Elpídio Tedesco arrumou os maços de cigarros de que precisava urgentemente.

DIÁRIO, 1974

Maio, 5. O capitão Lair autorizou que serrassem as tábuas de pinho na medida para as estantes. Estamos perto de dois mil volumes. Aprendi a misturar cal e óleo de linhaça, fui pintando sozinho o forro e as paredes da biblioteca. Obtive na oficina uma graxa anticorrosiva. Agora, com sarcasmo, eu a esfrego nas barras de ferro dos janelões, e com um trapo de brim cáqui, de alto a baixo, faço-as brilhar. Quase não tenho tomado sol: terminei logo depois do café o primeiro caderno do *Diário metafísico*.

Os ratos não invadem a biblioteca: eles nunca me provocam: os outros presos tropeçam em ratos: biblioteca não é lugar para ratos.

Agosto, 9. Temos oito criminosos políticos, um com capote militar, outro com boina, todos com mochila e tênis. Agenor, o chefe da cozinha, disse que conhece o prisioneiro político pelos cigarros americanos. São jovens e suportam bem o medo. Se estão aqui, serão mortos no mar, seguramente, a caminho da Ilha Grande. O capitão Lair alojou-os nas duas celas coletivas do quarto pavilhão. Encostando a cabeça na grade, à direita, posso vê-los andando pela galeria que liga os pavilhões do fundo. Nenhuma dúvida, foram torturados e cultivam, resolutamente, o *emblema rubro da coragem*. Isso, e nem tanto o regimento penitenciário, separa-os dos outros presos. Vieram há uma semana, de manhã, em duas lanchas da Guarda Costeira.

Se esperavam alguma regalia, não leram Gorki. Demoraram quatro dias para descobrir a biblioteca, um deles folheou a *Introdução à vida política*, de Jean-Yves Calvez, desinteressado. Depois dum tranco, no pátio, aprenderam que prisioneiro só fala com guarda a uma distância dum metro e meio, não menos, e com as mãos cruzadas atrás das ancas. Estranharam, mas compraram a sua marmita de alumínio, e com ela formaram a fila, cabisbaixos. Ainda que não fosse rígida a proibição, procuravam não se comunicar com os prisioneiros comuns. Olhavam ironicamente a colher.

Queriam garfo e faca na cadeia, esses esquerdistas da Cidade Jardim? Pois ficaram sabendo que só por exceção o refeitório do presídio se destina a presos. E que a fila do rancho só humilha no inverno, ou quando, subitamente, estala a chuva no corredor da cozinha.

Setembro, 5. Foram embora de madrugada três dos prisioneiros políticos. Passaram em silêncio pela cela de Tedesco, a última da galeria, e o mais alto deles não achou necessário levar a mochila e o capote militar. O soldado que ia à frente do grupo experimentou, já na cerração do pátio, uma lanterna de foco azulado. Retornei ao catre e esperei a hora de acordar.

Os sobreviventes estão lendo Camus.

Setembro, 9. Acaba de chegar do continente mais um marxista. Chama-se Portuga, ele usa jeans e óculos de aro de aço. Aclimatou-se de imediato, e durante essa tarde, como se chefiasse os camaradas, permaneceu com o grupo na biblioteca para me ver: tenho certeza disso. Depois, no pátio, hesitou se falava ou não com Munhoz Ortega: mas a indecisão não se devia ao regulamento. Portuga tem os ossos longos e o torso um pouco encurvado. Magro, desses que ocultam a resistência e as intenções, o cabelo escorre atrás das orelhas, liso e preto. Não me pareceu estranha a sua pele de papel velho, e muito menos o olhar velado.

Tirou um Simenon da estante: ditou para a ficha o apelido e o número da matrícula: mais nada. Vou datilografar o *Diário metafísico*, meticulosamente, enquanto a Ilha dos Sinos se ocupa com os seus ratos.

DIÁRIO, 1975

Dezembro, 10. Alguns presos desenvolvem a destreza de ler nos lábios alheios. Agora estou diante do fichário e da Olivetti; pela porta aberta eu vejo o capitão Lair Matias e um guarda no pátio. A trinta metros de distância, e sem ouvir nenhuma palavra, traduzo na boca do capitão a notícia de que o professor Luís Guilherme Braga acaba de ser detido pelos militares.

"Talvez ele venha para a ilha", mexem-se os lábios do capitão.

"Daremos a ele uma ratoeira", parece que o guarda com quem o diretor conversa segue um curso de ciências sociais em Santos.

"Nada de privilégios", o riso na boca do capitão.

Dezembro, 11. O prisioneiro só está preparado para a vida carcerária quando compreende que nas celas o silêncio produz eco.

Dezembro, 25. Até agora, nada sobre o sociólogo Luís Guilherme Braga. Ele foi professor de Ana Maria na USP. Eu desejo um Feliz Natal a todos os ratos.

DIÁRIO, 1976

Fevereiro, 23. Desde o ano passado, Munhoz Ortega só fala sozinho: abandonou de vez a pintura: saiu da fila da contagem para agredir um guarda e cumpre isolamento por dez dias. Hoje, terceiro dia de castigo, resolveram libertá-lo, pelo menos provisoriamente, por ter deixado intocado o prato de comida todo esse tempo.

Tedesco ajudou Baiano So Long a cuidar de Ortega na enfermaria. Estive lá, pequeno e desprezível, incapaz de fazer o que os outros fazem. Vista da vidraça, por onde me distraí indulgentemente, a muralha parece próxima. Uma algema prendia o braço esquerdo de Ortega a uma das barras da cama de ferro. Não tardou muito, o capitão Lair Matias mandou soltá-lo. Depois, o meu amigo sentou-se no colchão e cobriu o rosto com as mãos; cambaleando pelos ladrilhos, foi ao pátio da torre, desculpou-se perante o guarda e regressou à solitária. Risadas anônimas o acompanharam. Descontará os dez dias. Com fama de louco e tendo suportado mais socos do que poderia retribuir, Ortega perdeu sangue, não foi difícil ao capitão contornar as represálias. Disse:

"Estão expondo as telas desse sujeito nos Estados Unidos."

"E eu com isso?", argumentou prontamente o guarda,

porém com o orgulho já restabelecido.

Fevereiro, 24. Ele supõe que impunemente, no meio da sala e em voz cochichada para um companheiro, Portuga referiu-se a mim como um *idiot savant*. Nada perturba a sério quem escapou duas vezes do linchamento. Não tenho certeza se o outro a quem ele me ofendia estava à altura de entendê-lo. Anoto que Portuga, embora por uma fração mínima de tempo, emocionou-se com o episódio de Ortega. Além disso, tem lido os volumes de Luís Guilherme Braga. O livro mais singular do professor é a *Sociologia tribal*.

Idiot savant ou não, estou revendo o meu *Diário metafísico*.

Fevereiro, 25. Entregaram a cada prisioneiro uma ratoeira: são quatrocentas ratoeiras: para cada roedor caçado e ferido, trinta pulam das sombras e correm para devorá-lo, aos guinchos, antes que morra na armadilha.

Março, 5. Os ratos me evitam. Haverá metafísica no instinto?

Março, 7. Um sonho: saio andando pela ilha e corro ao longo da orla. Mergulho no Atlântico, nado sem molestar os guardas e os cações. Sozinho, nunca me canso; e descalço, pisando em conchas quebradas, castigo o meu corpo para que outros não o castiguem.

Deixei para trás a infância, deixei para trás a doença. Eu detesto enfermarias, coisa incomum num condenado. Sem as camas de ferro esmaltado e o cheiro de desinfetantes, muitos prisioneiros não suportariam a pedagogia carcerária. O presídio gera os falsários da doença. Alho cru debaixo do braço simula febre. Há quem acumule caliça nas unhas dos pés e das mãos, e congestione com ela os olhos para prolongar a permanência na enfermaria e desfrutar os cuidados de Baiano So Long. Raizeiros, o mais afamado deles é um assaltante do Acre, cobram caro por sua ciência de vômitos e convulsões.

Março, 8. São trinta celas-fortes, diz Munhoz Ortega. Estão num subsolo escuro, de cimento e ferro, no fundo do pátio onde os soldados jogam malha, diz. Há uma escada de concreto, muito larga e sem corrimão, diz. Não é fácil subir depois do castigo, diz.

Março, 10. Embriagados de inércia, estúpidos, lá estão os presos no pátio. Entre os maconheiros surgiu uma questão: e se a *yara'raka* resolver caçar uns ratos na Ilha dos Sinos?

Alguém gritou de pavor no meio da noite: não era pesadelo e as celas não estavam aferrolhadas. Depois, em surdina, Martarrocha interpretou *No vendrás*.

Meu alimento não se esconde em molhos e temperos. O médico do presídio, um sanitarista, sempre chega bêbado de Itanhaém. Desincumbe-se do serviço e passa o dia na casa do capitão, fora dos muros. O capitão, longe da família e sem vícios, prefere alojar-se na sala da carceragem. Raramente ocupa a casa, de alpendre com arcos de tijolos.

Vejo o médico e prometo não adoecer nunca.

Nosso dentista, um velhinho de Peruíbe, trabalha com motor de pedaleira. Ainda que de bermudas, não dispensa o avental comprido. Com uma perna gorda e outra magra, porém com varizes nas duas, atende também no povoado onde uns guardas moram com a família. Eu sempre tive bons dentes.

Março, 11. O Duque, xerife do pavilhão seis, ensina o bando a tornar os olhos purulentos com caroço seco de mamona. Isso no caso de não se encontrar cal, ele diz. E conta que uma vez passou pela cabeça do sargento Lucas ir à Queimada Grande para caçar uma *yara'raka* e libertá-la no pátio da torre. Mais do que a crendice, a ignorância causa arrepios, e o Duque arrepiou-se. A cobra é hermafrodita, sargento, em pouco tempo vai faltar pau para tanta cobra no presídio, sargento. Claro, isso era uma besteira, uma *Bothrops insularis* não dispensa outra na gestação de seus venenos, mas o aviso serviu para aplacar o Lucas, tanto melhor.

O assunto impressiona o bando. O Duque, rindo sob o bigode farto e enrugando a testa estreita, desconversa. Em compensação, a cascavel macho tem dois pênis, ele diz.

APARECEM OS RATOS

O reverendo John Steinbeck escreveu um sermão sobre os ratos e os homens, ou seja, uma parábola sobre a convivência atroz. De certo modo, agora, a Ilha dos Sinos reaproveita o tema, pois os ratos assaltam os homens na penitenciária: uma confusão corporal de mamíferos que, além ou aquém das grades, nunca se excluíram. Irmão, os ratos invadem não só os caldeirões da cozinha, mas o recolhimento das celas e o tempo negro das solitárias; e estão nos depósitos, nas guaritas, na enfermaria, nos banheiros, na rouparia e nos escritórios.

Inútil matá-los: eles se entredevoram como homens, e os restos logo se degradam, contagiando o ar.

Estranhamente, os roedores não se atrevem a entrar na biblioteca. Só um preso, o bibliotecário, não se sabe como, imunizou-se contra a comunhão de ratos. Condenado até o próximo século por doze estupros seguidos de morte e doze violações de cadáver, ele explicou-se por escrito, eram doze os apóstolos. Apesar disso, os roedores o evitam.

Boiando na sopa de repolho, ou entupindo as manilhas da fossa, irrompem os ratos pelos pátios de segurança máxima. Na Ilha dos Sinos, meu irmão, os homens guincham de terror. Menos o bibliotecário.

o motim na ilha dos sinos
capítulo 4

RETRATO DE RAFAEL QUANDO MUITO JOVEM

Já naquele tempo, Fernando Navarro Alonso só acreditava na ética do dinheiro. Não ter la plata era violar o mais antigo dos códigos. Oiga esto, hijo, e ele educava o pequeno Rafael, então no Grupo Escolar da Praça Nossa Senhora das Vitórias.

Depois de experimentar um ou outro crime, alguns imperfeitos porque —para impedir o boletim de ocorrência — foi preciso corromper gente barata e, portanto, sem futuro, Fernando Navarro Alonso decidiu-se pela receptação ilibada: sempre soube conviver com os melhores ladrões. Mas, amizade só com o serralheiro Schneider, vagamente alemão, o mais sensato dos falsários. Claro, havia Floripes.

Já naquele tempo, por Dios, certas crianças vinham ao mundo e não suportavam uma noite. Assim, do útero para o Pronto Socorro da Praça Nossa Senhora das Vitórias, morreu o irmão dum colega de Rafael. Entonces, Fernando Navarro Alonso pagou o enterro. Floripes levou Rafael pela mão.

Voltavam para casa no caminhão Ford de Lu Santino. Com um pouco de sono, Rafael encostou-se em Floripes.

O cemitério de Vila Formosa ia ficando para trás. Pelo vidro da porta, sujo, movia-se na tarde o clarão poente.

"Um enterro muito concorrido", agradeceu o pai do anjinho, ainda com a lasca dum palito na boca. Era o Pacheco da Secretaria, de terno castanho com riscas e chapéu de feltro.

Brecando no semáforo, Lu Santino ligou a seta da direita.

"Sim. Muito concorrido", disse; e sua pele traía o vermute rosso. Na carroceria, onde Schneider parafusara os bancos, o servente do Grupo não podia evitar que os meninos berrassem marchas de Carnaval.

"Que despropósito", ele reprovava. "Vocês não sentem nenhuma vergonha?". Tinham disputado uma corrida do portão do cemitério até o Ford no outro lado da rua, uma debandada de loucos, o joelho na roda e o corpo sobre a guarda do caminhão, voando rasante e a pontapés. Pues, eles desconjuntaram um banco e a paciência do servente, rindo alto, "capetas de uniforme", afinando o som dos tapas com a mão em concha. Não tinham vergonha: apenas estavam juntos na algazarra dos sobreviventes.

O pequeno Rafael não ganhou a corrida: era seu um lugar da cabina. Floripes via Rafael. Por que pensar no menino morto? O servente do Grupo bateu na capota.

"Primeira parada", anunciou. Depois se despediu de todos com alívio e um aceno. "Até amanhã. Até amanhã."

O pai do morto, o Pacheco da Secretaria, nunca se soube de que Secretaria, comprimiu a boca e esticou-a nos cantos, engolindo miudinho, um sofredor, como se num breve suspiro salivoso tivesse cuspido ao contrário o azedo do estômago.

"Puxa vida", ele disse com muita razão.

No nariz, um rubor de cravos unhados. Pacheco espiou as coxas de Floripes, já conformado, devia ser do chá de erva-cidreira, desculpou-se. Pusera no mundo oito filhos, quatro vivos e quatro falecidos, contando o derradeiro inocente. Não pagara o enterro de nenhum, também Deus é pai. "Uma pena..." Floripes cobriu as pernas com a blusa de malha. Elaborava cálculos o pai do anjinho, o Pacheco da Secretaria: "Que mulher. Se ela se interessasse por aquela vaga de ascensorista..."

Era um anjinho da primeira sexta-feira do mês e da Praça Nossa Senhora das Vitórias. Só por isso, e não tanto pelas crenças de Floripes, Fernando Navarro Alonso fretara o caminhão de Lu Santino para o enterro. Schneider emprestara os bancos. Os meninos saíram mais cedo do Grupo, e o servente morava perto do cemitério. Floripes gostava de pentear os cabelos lisos e castanhos de Rafael. Ela passara a ferro o uniforme e estendera-o no sofá.

Murros na capota. Lu Santino afundou o acelerador. "Vou ter despesa na funilaria."

Foi no posto da Texaco a retirada da tropa. Cazzo.

Estando na cabina, entre Lu Santino e Floripes, ela com a blusa pendendo dum ombro e as coxas no sereno, Pacheco não teve como ajudá-la a descer. "Puxa vida". Ocultava a mão no bolso do paletó, uma saudade, não durava muito o efeito da erva-cidreira. Encontrando duas balas de café no forro do bolso, dessas de troco, um primor de embrulhadinhas, ele dobrou a aba do chapéu frente ao retrovisor e consolou-se com uma reflexão: "A vida continua". Lu Santino dizia a Rafael:

"Avise o seu pai que o meu caminhão não acompanha outro enterro."

A ARENA DE CÃES

De calça curta, azul, a camisa branca de gola curva e a estreita gravata preta, Rafael deu a volta pela bomba de gasolina para escorregar na rampa de cimento. Os cabelos secos que Floripes sempre repartia com os dedos — com cheiro de arroz-doce, tomaram a direção da aragem. As luzes da Praça Nossa Senhora das Vitórias se acenderam.

Rafael ouviu um alarido, primeiro um estouro de rojão, e logo outros, após o que uma risada de bêbado e o ganido de cães esbordoados. Atravessando a borracharia, ele parou num quintal: um depósito de sucata e pneus usados, atrás do muro da Texaco. Acabou derrubando uma garrafa que rolou pelo ladrilho e espalhou óleo queimado até a soleira da porta.

Tinham fechado um ângulo do quintal com tambores e galões, vazios, formando uma arena cônica. Dentro, pulando contra o tapume, e o embate ressoava com alucinada urgência, três ou quatro cachorros queriam escapar dos morteiros que iam explodindo entre as suas patas. O dono da oficina, Isidoro, cambaleando e com o macacão aberto até a braguilha, vermelho como brasa soprada, compenetrado e estúpido, fazia o diabo com os cães. O vigia do posto entendeu a palidez de Rafael.

"Caia fora, garoto."

Sob a fumaça, no olho, a água circulava na medida do espanto, completa, rodeada de tambores negros e dentes que mordiam o pavor, o baque das patas na arena, a água no limite do olho quase cego.

O vigia do posto, um mulato de gorro e barbicha, vestia um jaleco cintado.

"Andando, moleque", disse. "Isto aqui mija na mão de criança". Riscando o fósforo, ele aproximou a chama do pavio. Isidoro lidava com o último rojão.

O pequeno Rafael jogou-se em linha reta contra um dos tambores, deslocou-o com o ombro, abraçou-se à imensa lata pegajosa, que rodou lerdamente: por ali os cachorros fugiram.

"Mas o que é isso?", gritou Isidoro, de repente lúcido e furioso, mastigando o bigode cor de tabaco. Ainda ficara um filhote na arena. Rafael, agachando-se, pôs um joelho no chão e pegou com cuidado o animal. O vigia do posto atirou o morteiro.

"Saia daí, merdinha."

Por algum motivo, ele se recusava a ter medo. O morteiro caiu a um passo. Rafael apanhou com a mão direita o que parecia ser um pacote de papelão mole e ergueu-o no ar. Logo, segurando um estampido, ele foi impulsionado de costas contra o muro. Quando acordou, segurava sangue, mas não com todos os dedos.

Schneider o amparava.

"É o filho do espanhol."
O vigia do posto:
"Não sei como aconteceu."
Isidoro destampou uma garrafa.

MOMENTO PENTECOSTAL

Aos que apregoam ser a religião a ciência dos ignorantes, eu pergunto: esta, por acaso, seria uma humanidade de sábios?

A história estabelece que a sabedoria humana se resume em obrigar o próximo ao trabalho pesado, pela escravidão, pela rapinagem, pelo contrato leonino, e sempre, irmãos, pela fatalidade do mando.

Sustentar a riqueza é uma questão de dinheiro, e não de princípios, claro, mas quem sustenta a pobreza? Eu sinto como um milagre, é essa a palavra, que a convivência entre opressores e oprimidos ainda não se tenha convertido numa relação entre supressores e suprimidos.

A adversidade, como um tanque de guerra, esmaga os miseráveis, e eles brotam da ferragem rolante, segurando na mão o cálice sagrado de seu sangue, e sem um gemido além do regougo da sobrevivência.

A religiosidade existe: não podemos tocá-la, ou mesmo vê-la: ela é o nosso tato e a nossa visão. Vemos os nossos olhos no fundo dum espelho d'água, por exemplo. Vemos a religião no corpo dum torturado, outro exemplo (jamais se preocupem com as obscuridades de seu pastor. Ele sofre com elas em nome do rebanho).

Os sábios não se servem de lampejos acidentais. Rara-

mente nos servimos dos sábios. Senão, eles já teriam comprovado que foi a mulher das cavernas quem descobriu Deus no ventre do homem, à luz das labaredas, e outras vieram e se reuniram em êxtase ao redor da levitação fálica. Escorria dali a continuidade, e era esse o único mistério da terra a impor sacrifício, medo e tremor.

Os sábios são incapazes de prece. Oremos por eles e pelos miseráveis da Ilha dos Sinos.

JACIRA

Ainda chovia. Rafael saltou do último ônibus na Avenida Eduardo Cotching. Pondo as mãos nos bolsos da capa, agitou-a para desfazer os amassados. Era uma noite com reflexos frios nos muros. O armazém ficava numa esquina da Praça Nossa Senhora das Vitórias. A casa, nos fundos, tinha saída para a Cotching e um beco. O portão da rua, com tábuas largas, escondia o pátio onde o velho Fernando acumulava os trastes.

Através da portinhola com dobradiças de couro, cautelosamente, Rafael alcançou o ferrolho. Ele não queria acordar Jacira. Também não queria que Jacira acordasse nele qualquer coisa sem cura e sem retorno. Mas a lâmpada do quarto estava acesa. Um resto de chuva, despencando pelas calhas enferrujadas e correndo para o ralo, criou no ar um silêncio culposo. Por ali, no cimento, a grama ia tapando as rachaduras.

Jacira debruçou-se na janela. Rafael apertou entre os dentes o desagrado. "Acordada até tarde". Por mais que se esforçasse, não conseguia evitar o barulho do tênis no piso enlameado. Jacira simulava contar uma a uma as garrafas empilhadas junto ao muro. "Só esse morcego ainda não notou que eu troquei o pijama pela camisola". Esticou o braço nu para saber se garoava. Rafael fez

tilintar o chaveiro. "Cadelinha. Já aprendeu a fingir".
    Jacira: "Eu não mereço tanto desprezo". Refletiu melhor: "Mereço?"
    Enquanto Rafael girava a chave e, muito severo, desaparecia pela porta, Jacira bateu de leve a veneziana. "Para ele eu não existo". Rafael pendurou a capa no beliche. "Não me obedece".
    Jacira viu no espelho o decote da camisola e os cabelos enrolados no alto da cabeça. Não se esquecera de escovar os dentes. Roçou o dorso da mão no vidro quebrado da janela. Amanhã arrumaria na farmácia do Raul um esmalte roxo-beterraba.
    Amanhã, desentupindo o ralo, varreria o musgo caído das calhas. "Morcego..."
    Rafael entrou sem falar boa-noite, ela se magoava. As goteiras aumentavam o sono e o sofrimento. Aqui faz falta uma cortina de cassa. As palavras duma fotonovela que dona Clotilde lhe emprestara durante a semana passada. "Perto dele eu me sinto gente, sabia?". Pensando nisso, Jacira torceu com raiva o pegador da cremona. Apagou a luz. O escuro logo diminuiu e foi mostrando o vaso com flores de cera, o lençol remendado e as trincas da parede. "Tanto desprezo". Ela bocejou. Depois, como quem se oculta, deslizou para a cama. Tio Fernando nem tanto, mas Rafael não gostava de dona Clotilde. Não era de admirar. Rafael não gostava de ninguém. Devia ser por causa dos sete dedos. Dava uma canseira só de ir

lembrando:

"Jacira. Você comprou essa revista?"

"Não. Eu não ganho nenhum dinheiro."

"A peituda da vizinha mais uma vez..."

"Rafael. A revista me faz sentir gente."

Ele pareceu impressionado e acostumou-se a deixar dinheiro debaixo do elefante de louça. Havia os domingos de calor em que dona Clotilde avisava quase sem mexer a boca:

"O sargento armou a rede. Você não vai apreciar?"

"Não senhora."

"Não me diga que logo hoje..." Jacira respondeu:

"Vou lavar a minha roupa."

"Que santa", cochichou a mulher desamarrando o avental. "Bom proveito".

Outras vizinhas se reuniam na casa de dona Clô. Entretanto, subindo num dos engradados do pátio e na ponta dos pés, bem que Jacira podia enxergar o alpendre onde o sargento armava a rede de palha: o sargento Borba, pelado, a envergadura maciça entre os ganchos do pilar e da parede, no mormaço uns olhos de bebedeira e os bigodes escorridos, ao redor da pele um cheiro de farda usada, de sola de bota, de pólvora, o homem repimpado na rede, ali, no trançado que seu peso esticava até o último rangido.

Já servido o chá de camomila para as vizinhas, psiu, e assegurado o silêncio, dona Clô avançava o peito além do tanque, na cerca dos fundos, psiu, onde respirava a úmida folhagem das avencas. O sargento Borba, com um tapa, esmagava contra o pescoço uma vareja rajada. Era de se supor que, quando as moscas perdiam o rumo, acabavam por enroscar as asas nos pelos grudados do sargento e no suor que ele expulsava, com muito sono. Impacientes, mas confiando na natureza, as mulheres esperavam pelo sargento Borba. Os dedos de dona Clô se acariciavam.

"Não demore", gemia entre os palanques da cerca.

Nos baixios da sombra, a raiz se agrandava para o lado, ela afrouxava o risinho, a aparição resvalando na coxa e já levantando o olho róseo, uma palpitação no nervo, ia chorar de tanto rir e manchar a cava do vestido, "venha", então exorbitado e fora da pálpebra cilíndrica, "esse pau", dona Clotilde soltava no queixo uma saliva de caules mascados. Psiu.

Jacira não conseguia dormir. "Sua relação com um homem de Áries será um encontro de fogo. Intensas fagulhas de paixão e vagas de energia indomável..." Rafael não ia aprender nunca a diferença entre um pijama de flanela e uma camisola transparente. "Cor magnética: escarlate..." Isso. O vermelho combinou demais com o castanho dos cabelos. As rendas disfarçavam os biquinhos. "Dias sedutores: 2 de maio, 22 de julho e 3 de outubro..." Dava para confundir com o calendário do botijão de gás. Só com a morte o tempo parava. Mas antes, Cristo, o que se gastava com máscara para a beleza e meias para as varizes. "Talismãs: anéis nos dedos do pé; uma réstia de alho na janela da cozinha; noz-moscada guardada num antigo jarro de farmácia..."

Mudou de posição na cama, arrependeu-se. O pior era que a chuva trouxe o frio. Nenhuma alma benfazeja para tirar o acolchoado da segunda gaveta à esquerda. Jacira retraiu-se sob o lençol. Rafael não falou uma palavra. Perto dele eu me sinto gente. Impossível viver sem esperança. Se ao menos viesse o sono. O que fazer? "Espalhe o creme sobre a massa. Lave e corte as maçãs em gomos, sem descascar. Retire o caroço e coloque os gomos numa panela com açúcar e água. Tampe e deixe ir fervendo em fogo lento até ficarem macios..."

Vingança. Com olho de porco e escarrando verde, Jacira gritava em cima do muro: "Sargento Borba. Sargento Borba". As mulheres se encolhiam e procuravam os cantos do mundo para proteger a aflição e o susto, estabanadas, um repentino estontear que semelhava uma fuga de baratas por todos os lados, cascudas, pálidas, de bigodes, com antenas e turbantes, dentuças, uma de peruca azul-neblina, outra de bengala preta, de modo que esvoaçavam saias e pulseiras na Praça Nossa Senhora das Vitórias. O sargento Borba acordava com o grito e, erguendo-se da rede, equilibrava no umbigo a luz rosada. Retesando as carnes, ele despregava a sua volta os mosquitos triangulares. Porém, não era o pedaço liso do sargento que se enfiava pela portinhola com dobradiças de couro, era a mão defeituosa de Rafael, na passagem entre as tábuas pintadas, procurando tarde da noite o ferrolho com os dois dedos e o calo da cicatriz.

Jacira, despertando sem ter dormido, resolveu ir buscar o acolchoado. Dona Clotilde lia numa voz ardida: "Você se torna mais sensual com sutiã de cetim e cinta-liga com rosinhas vermelhas: meias pretas: sandálias de salto alto..." Assim ficava pronto o enxoval da gaveta do meio.

Com a lixa do alicate de unha, o velho Fernando deslocou por fora o trinco do banheiro. Jacira envolveu-se depressa na toalha. O velho abraçou-a. Jacira não entendeu isso.

"Tio, o que foi?"

"Nada."

O gesto do velho querendo desnudar a garota.

"Não, tio. Não."

Indeciso, embora sem livrá-la do abraço, o velho Fernando recuou um pouco.

"Por que não, hija?"

A ternura envergonhada dessa pergunta. Jacira não repeliu o velho. Até se acercou dele sem falsa inocência: os pés impondo um mapa nos cacos do piso, o medo no limite justo, ela cabendo inteira no rosto.

"Por favor, tio. Eu e Rafael..."

Interrompendo as palavras, Jacira insistiu com o

silêncio. O velho não demorou muito para compreender que aquele silêncio não era um vazio, e sim a pausa das palavras tensas na garganta, em toda a pele onde o sentido latejava.

"Entonces..."

Nos lábios, um riso de viés; ele tocou levemente nos cabelos da jovem. Depois, suspirando, agitou as mãos e encafuou-as nas costas do jaleco.

"Bueno."

Deixou-a sozinha. À noite, com a colher de pau na vasilha dos tremoços, o velho Fernando tomava um conhaque e conversava com Rafael:

"Te gusta la chica?"

Sendo que, como o sono faltava e tanta coisa se recusava a ter sono dentro dela, estando no ar um frio de lagartixa, "que bobagem", Jacira foi depurando a memória, pensava no número da sorte, numa cor marrom-tropical, na camisola, coitada, a bem dizer indecente e franzida, dona Clotilde comentando: "Oferecida sem ser querida".

Bateram na porta do quarto.

— Pode entrar — falou Jacira precipitadamente; e puxou, aos arrancos, a pesada coberta para o queixo.

Rafael entreabriu a porta. A luz da sala entrou na frente e fez o espelho brilhar no guarda-roupa. Escondendo a mão direita, Rafael disse:

— Boa noite, Jacira.

O pé aparecera por baixo da colcha, amarelo-mágoa,

enroscando-se a unha num remendo do lençol, branco-
-carisma, e toda a coberta ia cair, vermelho-ódio, Jacira
refugiou-se no canto da cama.
— Estou dormindo.
— Eu sei.
— Não me venha com cinismo, Rafael.
— Cinismo. Você anda lendo muito.
— Estou dormindo.
— Não pode nem me dizer boa-noite?
— Não.
A porta fechada, Jacira não escutou o ruído do trinco, assim escureceu enquanto ficava no seu corpo, sob a camisola, uma calma alarmada. Saiu da cama. Descalça, correu até a porta e empurrou-a. Sabia que o assoalho da sala ia oscilar e ranger. Levantou os braços, girou, e agitou os cabelos, para que na cristaleira os vidros tinissem. Ainda bem que estava de calcinha e um pouco nervosa, curvando o pescoço, a cabeça no batente do outro quarto. Chamou:
— Rafael.
Via-se o silêncio de perfil. Te gusta la chica?
Pode entrar. Cadelinha fingida. Te gusta? Morcego. Não me venha com cinismo, Rafael. Te gusta? Te gusta la chica?
— O que você quer, Jacira?
Ela disse:
— Eu não estou dormindo.

O DEMÔNIO

Não creio que algum antropólogo tenha pesquisado sobre a origem aristocrática do demônio.

O demônio é nobre, irmãos. Imaginem o assombro dum chefe nômade, rei e guerreiro, quando num banquete orgíaco, festejando com raízes, carne crua e ossos triturados pela pata dum mamute doméstico, sente-se acometido de gases traiçoeiros que, fétidos e propulsores, pressagiam a peste. Evidente, só podia ser o engenho e o insulto dum ser maligno e perverso. Quem mais teria a audácia de acusar o rei de ter intestinos mortais?

Os miseráveis, convivendo com as suas exalações, nunca diferenciavam o enxofre do crisântemo. Já a ideia de aristocracia começa pelo orgulho e por uma seleção de cheiros. A nobreza, de origem divina (jamais esqueçam isto), indigestou e expeliu o demônio.

Não temam, irmãos, pois aqui está o seu pastor.

Oremos pelos presidiários da Ilha dos Sinos.

o motim na ilha dos sinos
capítulo 5

NA OFICINA

Depois que Beiçola saiu, Luciano caminhou pela escada da oficina e deixou Vesgo no andar de cima. O caolho ia esconder o dinheiro no quarto. O banco suíço dessa laia sempre foi o colchão. Numa palestra para a tropa de elite da PM, no Barro Branco, o delegado A. C. Noronha desabafara: "Marx que me desculpe, mas há uma gentalha..." Com a luz apagada, emergindo da luminosidade crescente da noite os trastes da oficina, o cabo PM ia reconhecendo em cada objeto as impressões digitais da gentalha. Sacudiu a cabeça com raiva. Enviesando a retina para a esquerda, como se utilizasse um binóculo, examinou na parede o perfil militar de sua sombra. Recordou uma frase idiota: "Tudo sob controle..."

Imaginoso como um policial em folga, o cabo divertia-se agora em propor — como alternativa — onde o Vesgo poderia enrustir o dinheiro: claro: ao longo de todo o aparelho digestivo. Mas o olho torto, endireitando-se de prazer, denunciaria o banquete.

Amarrotando o capuz entre os joelhos e sentindo o roçagar das notas, Luciano descansava num caixote de pinho que servia de banco. Olhou a porta trancada da rua e mais recordou do que viu pela fresta a fosforescência urbana. A não ser o nojo, e um rato caminhou ardilosamente pelo rodapé, nada errado até agora.

O importante era não confiar no acaso. O capuz caiu sobre o coturno, e Luciano não teve pressa em apanhá-lo. Muita coisa o preocupava. Beiçola, por exemplo, era inteligente. Isso começava a incomodar, como uma varejeira verde na vidraça, zumbindo de alto a baixo e com intervalos de silêncio. O negro não ia gostar de ser usado.

Luciano pegou o capuz e, encaminhando-se para a porta, pensou no resgate: dois milhões de cruzeiros: nem de mais e nem de menos: uma boa grana. *Assaltante, respeite a sua vítima. Cuide para que ela derrame só o que tem de melhor: o dinheiro. Não faça sangue, meu amigo. E que seja algum dinheiro, e não todo. Não interessa a você, irmão, exasperar ou suprimir um fornecedor* (Pastoral do reverendo Damasceno de Castro a 7 de setembro de 1975, na Praça da Sé, um pouco antes de ser a turba submetida aos cascos do Segundo Batalhão do Regimento de Polícia Montada, dois mortos e vinte feridos, entre estes um rosilho de crinas brancas, apud Beiçola).

Negro tinhoso. Lá em cima, Vesgo movia-se como um gato acumulando terra nas fezes.

Luciano abriu a porta da rua e olhou a noite. Acalmou-se, nada de errado por enquanto. Beiçola não perceberia a manobra, ou quando percebesse, tudo estaria terminado. Dois milhões de cruzeiros nos esconderijos de minha túnica. Nem pouco e nem muito, para que a vítima não perdesse a fé na Bolsa de Valores e na cumplicidade do lucro. Apenas dois milhões de cruzeiros para que não ficassem por mais tempo sem justo prêmio o zelo e a coragem deste soldado na luta contra a marginalidade nefanda. Ao sorrir, com algum azedume, o cabo PM Luciano pressentiu um borborigmo, e de leve, enquanto alguma coisa ardia em seu estômago, arrotou com o capuz na boca.

Vesgo demorava. E quanto a Joel My Friend?

O garoto — bem maquinado com um 38 — até que prometia com os ossos da mão na coronha e o indicador pronto. Se ele não morresse nesse estágio, yes, teria tudo para fazer carreira na polícia. O cabo PM bateu o trinco da porta e voltou-se para o meio do cômodo. Esperou junto ao caixote de pinho.

VESGO

Depois que Luciano desceu a escada, Vesgo ficou sozinho no quarto. O suor secara no forro da japona. Desconfiado como um rato, ou um síndico, o caolho acompanhara os passos do PM pelos degraus. Nunca tivera tanto dinheiro. Com os três últimos assaltos, palavra, juntara um pecúlio. Sem perder nenhum ruído da casa, enfiou as duas mãos nos cabelos para conter o tremor das têmporas. Antes, tendo retirado dois tijolos soltos por trás do calendário, puxara um pacote de cigarros Hollywood, com carteiras vazias e conservadas como novas. Ali Vesgo disfarçaria a grana de calibre mais grosso. Tanto dinheiro.

Percebia o movimento de Luciano na oficina. O caixote de pinho estalara ao peso e ao tamanho do militar. Não fosse o cabo, e não teria tanto dinheiro. Nada como permanecer ao lado da lei. O desenho emaranhado das cédulas, na coberta, provocava em Vesgo uma vertigem. Por isso, evitando cambalear, ajoelhou-se. Luciano abria a porta da frente.

O caolho pensou em ladrões e ergueu-se do soalho. Mataria o escamoso que se aproximasse do colchão. Palavra. Acariciando as notas, arrepiava-se, não podia perder tanto dinheiro. Com a ágil estupidez do medo, avançou às cegas até a área dos fundos, farejou a noite através do encerado de lona. Retornou e fechou ambas as portas à chave.

Quando uma tábua do chão cedeu, inesperadamente, escapando pela frincha um som de lâmina a esfregar-se numa bainha de couro, um brilho miúdo e intenso parou nos olhos de Vesgo. Só depois notaria que a saliva afluíra para a quina dos lábios, livre, alumiando o recuo do queixo.

O dinheiro embaralhava-se no cobertor de baeta. Vesgo enxugou a boca e sentou-se na beirada do colchão. Preencheu as carteiras e recompôs o pacote. Ouviu Luciano bater o trinco da porta. O zarolho emparedou o pacote atrás do calendário.

Durante todo aquele mês de junho, 1976, a loura da estampa lamberia as ranhuras do pneu Goodyear e taparia uma fortuna.

Luciano se aborreceu: "Por que esse camundongo não desce?". Sugeriu secamente:

— Então, Vesgo?

— Pronto — e logo surgiu o vulto cinza no topo da escada.

O cheiro de seu suor veio primeiro. Vesgo riscou o fósforo e levou ao cigarro a chama da mão em concha. Riu com a boca apertada.

— Você já pode picar a mula, cabo. Eu abro o portão.

— E as armas? — lembrou o outro.

— Estão bem guardadas. Palavra.

— Eu não quero que ninguém facilite com o Jô. — Nada de emprestar um revólver a esse garoto.

— Deixe comigo — Vesgo eliminou o vestígio do riso e manteve a boca apertada.

A noite difundia acima dos telhados a claridade móvel dos anúncios e dos sinais. O ferrolho do portão rangeu em surdina. Um dobermann apoiou as patas no alto do muro, defronte, e com frieza examinou a rua. Depois, uns passos tropeçaram no beco, mas foram colhidos pelo silêncio. Na sombra, com as abas da japona adejando e a brasa do cigarro diante daquele olhar de tocaia, qualquer coisa de insolúvel aparecia no rosto de Vesgo: uma herança aquilina: uma fatalidade que o escuro, ao contrário de cobrir, tornava mais definida.

Luciano, embolando o capuz dentro do porta-luvas, dobrou a capa no encosto do banco. Virando a chave, relou a bota no acelerador. Tinha tempo para se distrair enquanto Vesgo empurrava o portão. "Há criminosos e marginais. Os criminosos cometem crimes que podem ou não ser punidos. Os marginais são punidos, cometam ou não crimes". Consultou o relógio. "Vesgo não passa dum marginal". Quase dez horas. "E eu?". Tirou a aliança do dedo e ocultou-a no bolso da túnica. "Eu tenho um encontro com a Rosalina".

O Opala arrancou e saiu vagarosamente do abrigo. O vento, por um instante curto, impôs no quarteirão o discurso e a gritaria dum jogo de futebol. Depois mudaram de canal. Uma velhota veio fumar na janela do segundo sobradinho. Baixando o vidro, Luciano deteve-se na cara de Vesgo. "Ainda bem que há marginais como sempre, graças a Deus. Sem os punidos por estimativa, o que seria da autoridade da lei?"

Vesgo murmurou:

— Caminho desimpedido.

— OK — Luciano simulava um desarranjo na manivela da porta. — Você demorou um pouco para enrustir o dinheiro. O que foi? Entrou em alfa?

— Demorei — Vesgo respirou fundo e espiou a vila. — Fiquei admirando aquela grana toda — ele confessava como quem se pune por gosto. — Na minha terra se diz que o olho do dono engorda o gado.

Luciano procurou agir com naturalidade:

— Beiçola pinta de vez em quando por aqui?

— Não. Só quando eu telefono.

— Bom. Estou na ronda.

— Certo — compreendeu Vesgo.

ROSALINA-ROSA-RÔ

Pensava só em Rosa. Na Avenida Celso Garcia, com o arvoredo de São José do Belém degradando-se na fuligem, um ônibus fechou-o. Nada mais importava a não ser Rosalina e sua suburbana vontade de ter um marido. Já derrapando, Luciano comprimiu o pedal até o fundo e desviou-se em cima da fumaça graxenta. Rosalina, Rosa, Rô, no ouvido, na nuca, na ponta da língua, nos bicos da blusa, testando com o dedo o elástico da calcinha e seus franzidos, ao passo que despencava no ombro a alça do sutiã. Os pneus cantaram sob os fios de alta tensão e riscaram o asfalto.

Queria pensar na estudada resistência de Rosa, na escada, na porta, no sofá, sob o olhar de Cristo com o coração de fora e o foco alvacento do televisor na sala de jantar. Ou na entrada da casa, na Rua Frei Germano, atrás do portão de ferro que Luciano manobrava com o cotovelo.

"Vem vindo gente, Luciano."

"Onde?"

"Não faça isso."

"Segure o meu pescoço. Me abrace, Rosa, me abrace, que ninguém percebe."

Entre os dois o volume da braguilha. Na Ladeira da

Penha uns rapazes lavavam com baldes o piso ladrilhado duma lanchonete. Beiçola era um risco. Luciano recapitulava as variações do calor de Rosalina, Rosa, Rô. Nem o resgate já interessava tanto. O ônibus fechou-o na Celso Garcia, e o cabo PM gritou com Joel My Friend: "Estou no comando". A lei se encarregaria de Beiçola.

    Pelo que, numa tarde de abril, anoiteceu depressa dentro do Opala, depois duma pizza com um clarete do Rio Grande do Sul, de souvenir levaram a garrafa vazia e arrolhada, Bento Gonçalves, pairando na Guaiaúna o brilho duma lua devassa, Rô, ainda bem que, palitados os dentes, podiam as bocas lubrificar-se no banco da frente, mínimo o teor de cebola naquele transe, e bem por isso, era de Sinatra a voz no painel do carro, e de Rosa a penugem do pescoço e as diversas saliências do vestido, Rô, inútil distinguir agora a origem da saliva no queixo de ambos, ou o frêmito das molas no estofado, e enquanto tentavam escrever as iniciais na cortiça, Luciano viu através duma lágrima alcoólica a coxa de Rosalina, a nudez precisa e noturna da perna e dum pé, a começar pelas unhas vermelhas na sandália de salto alto e subindo até o joelho para arrepiar-se, em suor, no amorenado mais íntimo, Rô, a descoberta como um soco que devesse doer, mas não doía, assustando os sentidos.

    No fim da ladeira, Luciano circundou a Igreja da Penha e, entrando na Rua João Ribeiro, diminuiu a marcha no Largo do Rosário. A luz do poste, junto ao frio e ao vento, fez faiscar sobre as pedras da esquina uns restos de óleo. Pelo cheiro, estariam queimando lixo na Rua Gabriela Mistral, antes da ponte de Guarulhos. Ou, mais perto, alguns carentes enfileiravam latas de lixo ao longo da sarjeta e punham fogo. Luciano, abandonando o rumo do vento, virou o Opala à esquerda e rodou pela viela do Largo do Rosário até a Avenida Nossa Senhora da Penha de França. Lá, vagarosamente e em ponto morto, contendo o carro ao lado das velhas paredes e das telhas negras, ele triturou os ossos dum gato atropelado. Os pneus, tantos pneus, tinham calafetado de grama as pedras do calçamento. Os morcegos deslocavam-se pelo ar antigo. Subitamente, os acordes duma guitarra pareceram atenuar o cheiro de lixo incendiado. Depois, numa galeria, desenrolaram uma porta de aço e ela, raspando no caixilho, bateu com estrondo na soleira de mármore. Luciano não evitou que o envolvesse um âmbito morno. Rosalina.

Acontecera numa tarde de chuva. Uns carentes mataram a tiros o vigia do Posto Shell da Rua Antônio de Barros, no Tatuapé. Luciano, um soldado e o motorista da RP, forçando o caminho por uns atalhos da Radial Leste, de arma na mão, com o Volks de repente entre pessoas espavoridas, na calçada, ou em velocidade, com a sirena dando um giro pela chuva, apesar da calota vermelha do semáforo, chegaram a tempo de destrocar os chumbos com o Dodge amarelo dos carentes e agarrar os quatro pela garganta, a socos, a coronhadas e a coice de coturno. O Dodge amarelo se desmantelou contra o tronco duma árvore da Avenida Emília Marengo. Um pivete sentou-se na própria merda, e sua inocência se alastrou sem aviso. Voltaram ao posto de gasolina para o reconhecimento.

"São esses", assegurou Rosalina, e a ambulância do IML —surpreendentemente — já manobrava no pátio. "Eu vejo uma vez e não me esqueço nunca", estava gritando.

"Tenha calma", disse Luciano e pegou-a pelo braço nu. "Viu quem atirou?", pressionou-a com os dedos.

"Foi o magrinho", era o pior deles, o único que suportara a sova sem se acovardar, ela apontou com ódio, e as rodas do rabecão puseram em alvoroço a nata irisada duma poça de lama.

Sinistros e hábeis, uns sujeitos de avental azulado saíram da viatura para, oficialmente e sob um guarda-chuva, observar com fatigada intimidade a morte e o escândalo; um mastigava uma cigarrilha acesa, outro ergueu o capô e puxaram a maca, vindo junto uma cinta de couro de crocodilo e um Citizen embrulhado numa capa da Playboy. Já não chovia. Luciano compôs a túnica e preencheu-a com a sua atlética autoridade.

"Você notou se o velho trazia alguma arma?"

"Que velho? O vigia não tinha arma nenhuma."

"Um punhal? Um canivete?"

"Não", irritou-se Rosalina.

A farda molhada, sem o quepe, os olhos esverdeados ao redor da testemunha que, de saia justa e sapatos de salto alto, macia e nervosa, eliminava um pouco de seu suor nas têmporas, agora ele estava bem perto da mulher, talvez fosse respingo da garoa nos cabelos negros. Ela pisou duro e, pondo-se de lado, empinou o traseiro.

"São menores?"

"Sim", Luciano rabiscou-lhe o nome e o endereço. Rosalina Oliveira Batista. "São irresponsáveis", ele espiava a boca a torcer-se numa atraente vulgaridade. Imaginava o pudor daquela fêmea e seus arrepios junto ao tecido da blusa fofa. Rosalina era gerente do showroom duma fábrica de lustres, na esquina, de onde ouvira os tiros e só então compreendera que aquilo era um assalto, e indo ao chão o vigia, quando os pneus do Dodge amarelo ainda cantavam, aquilo era um homem que, vergando o corpo na fumaça do escapamento, começava a morrer.

"Um absurdo", Rosalina não conseguia chorar. "Isto aqui virou um pandemônio", ela desdobrou o lenço sob o luminoso do Posto Shell. "Meu Deus", achou justo recorrer a alguma abstração. "Parece um pesadelo", comparou sem se iludir. "Não posso crer", iludia-se.

Vieram mais duas viaturas pela Avenida Alcântara Machado. No pátio, a sirena espantou sombrinhas e impermeáveis. Luciano, afivelando o cinturão, distribuiu ordens a sua volta. A equipe do IML murmurava confidências. O sangue do morto intrometeu-se pelas rachaduras do cimento e, escorrendo ao longo da guia rebaixada, perdeu-se na sujeira.

"Conte como foi", segurou-a abaixo da manga curta, outra vez, soltou-a casualmente, mas o calor do braço nu ficou agora na ponta de seus dedos.

"Os meninos pararam o Dodge amarelo quase em cima da bomba", Rosalina estremeceu. "O vigia encheu o tanque como se fosse um dos frentistas. Dentro do carro, numa algazarra, os pivetes brincavam de imitar algum conhecido deles e riam alto. Nisso, o magrinho mostrou um revólver que, visto da loja, brilhava como alumínio. O vigia não resistiu e nem nada. Eu vi que ele vasculhou os bolsos do macacão e entregou aos ladrões um monte de notas. Não entendo. Antes de sair do posto, o motor já ligado e com aquele ronco irritante, o magrinho descarregou o revólver no coitado. Mas por quê, São Jorge?"

"Quem sabe", disse Luciano.

Rosalina olhou-o de perto. "Um soldado como o senhor."

"Cabo PM Luciano Augusto de Camargo Mendes."

Uns camaradas do bairro começaram a encostar-se ali, arcados, como se tudo neles pesasse, até a pele por onde a fuligem se embrenhava. Tinham os rostos vincados por cima de aventais, jalecos, roupas de briga, panos encardidos. Eram bêbados, cambistas, viradores e aleijados. Punham no ar, com o fumo, o azedo da boca. De suas entranhas pulavam gatunos de feira e guardadores de carros. Sem qualquer regozijo, ou susto, em camas de piolho, essa massa ia engendrando também as nossas putinhas impúberes. Para as noites da Avenida Conde de Frontin, atrás de suas árvores ou sob as rampas, ou para as biroscas da Vila Matilde, onde desfilavam com sandálias perfumadas e calcinhas de crochê, daqueles ventres saltavam as nossas putinhas impávidas, tão necessárias ao mercado que, se não definhassem, impudicas, teriam chance na publicidade. Porém, no Posto Shell da Rua Antônio de Barros, um vozerio perigoso, ainda que resignado, cercava o morto e o atirador. Luciano aconselhou a jovem a ir embora.

"Eu acho melhor você voltar para a loja". Rosa engoliu o nó da garganta. Escurecia depressa. Indagaram do magrinho por que ele matara o vigia. As letras duma propaganda, a gás neônio, piscaram na garoa. O carente afundou o queixo no peito para responder:

"Cismei."

CINE JÚPITER

Dois dias depois, Luciano entrou na loja quando Rosa desligava o telefone. Ela pensou em não o reconhecer de imediato, admirou-se pelo atrevimento, estava longe a bolsa com o batom, até que ele demorara um pouco para aparecer. O rosto da jovem perdeu a palidez e traiu a manobra, benza Deus, que pedaço de homem, e todo fardado. Luciano fingia estar à procura duma lanterna com presilha imantada e luz giratória. De comum acordo, riram. Rosalina não conhecia a lanterna, isso existe? Um boy de jaleco e salário-mínimo não se interessou pelo assunto porque já eram seis horas. Rosa achegou-se ao espelho, pode ir, Gilberto. Luciano ajudou-a a fechar uma porta e três janelas, uma lanterna com presilha imantada? Saíram juntos para a fumaça já crepuscular do Tatuapé. Nenhum sinal de sangue no Posto Shell. Despediram-se no ponto do ônibus, eu vou encontrar a lanterna para você. Esqueça. Eu não lhe disse uma vez que não me esqueço de nada?

Uma noite, passearam pelo Largo do Rosário, no centro da Penha. Tomaram suco de uva no Kioko's da Rua Caquito. Num sábado almoçaram no Estradeiro, na Via Dutra, onde Luciano não pagava o churrasco e o chope, em virtude de sua autoridade como graduado da

Polícia Militar. Bem por isso, comia com garfo e faca e não engordurava de molho a alça da caneca. Ao tirar no quiosque um pacote de cigarros, velho hábito, o cabo PM escutou um garçom referir-se a ele e a Rosalina, com grosseria, apontando com o queixo:

"Cada dia com uma, esse soldado. E nunca paga a conta."

Luciano rebocou o garçom para a cozinha e estapeou-o sem tumulto, embora quebrasse uma sopeira de louça. Jamais permitiria o destrato dum reles civil.

Estava em cartaz no Cine Júpiter um erro judiciário, *O caso dos irmãos Naves*. Fardado, mas com o quepe sobre o segundo botão da túnica, Luciano perfilava-se no vestíbulo para assemelhar-se a um oficial numa cerimônia qualquer, acompanhando a consorte. Rosa mastigava pipocas. O cabo preferira moedas de chocolate.

Tadeu, apoiado em muletas canadenses, e que no cinema recolhia apostas para o bando de Ivo Rahal, afastou as cortinas. Tadeu não tinha idade. Já desistira disso e da compostura. Aleijado e pardo, transmitia em torno o seu suor submisso, manchando tudo, a partir das cortinas onde, às vezes, ocultava um sorriso. Com um aceno de cabeça, bruscamente, ele tentou cumprimentar Luciano.

"Ainda ninguém", disse Rosalina.

Entraram e escolheram as poltronas. Dois rapazes foram diretamente ao WC dos cavalheiros. Um grupo percorreu a passagem lateral e ocupou as primeiras filas. Porém foi um casal que chamou a atenção de Luciano. Despenteado e de jaqueta jeans, quase alto, o homem virou para trás a face onde a sombra, apesar de recortar-se com simetria, era adunca. Ele abraçava uma mulher de blusa xadrez, de cabelos castanhos, um pouco pálida e de nariz judaico. Ela trazia uma sacola de camurça, franjada, e seus olhos — agudos e irônicos — abrangeram de relance todo o espaço entre as paredes do Cine Júpiter. Eles conversavam com vivacidade. Eram parecidos, ainda que diferentes.

Aos poucos, a penumbra envolveu a sala. Rosalina se recordou do Posto Shell.

"Como terminou aquilo?", mostrava um vestido de rendão do norte e um colar de missangas.

Luciano passou o braço pelas costas nuas da mulher.

"Nada fora do comum. Enterraram o vigia antes que fedesse. A viúva se amigou depois da missa do sétimo dia. Casamento, nunca, para a beneficiária não prejudicar o direito a um seguro e a uma pensão. Internaram o magrinho no reformatório de Mogi-Mirim. Ele fugiu há duas semanas. E o rabecão do IML apareceu depressa porque o motorista se chama Abud, sobrinho de Ivo Rahal, e também pertence ao bando. Ele estava a serviço, mas não do IML."

"Hum", Rosa, com o dorso da mão, expulsou da testa uns fios da cabeleira negra. "Contando desse modo até a tragédia tem alguma graça".

"Você sabe que o magrinho não matou o vigia?"

"Não?"

"Quem matou foi outro, de dentro do Dodge amarelo, com um tiro que pegou a nuca do velho, no momento em que ele torcia o corpo antes de cair."

"Que horror", a jovem apalpou pensativamente as missangas.

"O magrinho disparou cinco tiros", relatou o cabo PM, "acertou três, mas nenhum desses ferimentos causaria a morte da vítima".

"Um tiro na nuca", ela soltou o colar. "Valei-me, São Jorge."

"Isso não adianta", as unhas cederam lugar aos dedos, e agora a palma se aquecia na pele clara e arrepiada. "Nem São Jorge se arrisca com os nossos carentes".

Rosa argumentou:

"Se todos tivessem fé…"

Reclamaram na última fileira:

"Shut up. Não se pode nem dormir com sossego."

Diante da tela, com a tortura dos irmãos Naves repassada em preto e branco, Luciano ia desembrulhando moedas de chocolate. Atento aos gritos e ao desenrolar da infâmia, tinha consciência de que a cada moeda correspondia uma pelota de papel estanhado, rodando entre as pernas de Rosalina. Ao sair para o saguão, sentindo no joelho uma coxa daquela mulher, o policial mais adivinhou do que viu sob uma arandela de vidro verde — como se fosse uma aranha na parede — a sombra de Tadeu.

Na rua, de quepe, o militar provocou em Rosalina um arredondamento das ancas. Com displicência, andando pelo passeio estreito e arruinado, reconheciam em ambos uma sede idêntica. Foram ao Kioko's. E depois para o portão da Rua Frei Germano.

O MATADOURO

Outro fim de tarde, Rosalina fechava o showroom um pouco antes da hora e se despedia dos balconistas, Luciano parou um Maverick com duas rodas em cima da calçada e o som aflautado da buzina dentro da loja.

"Oi, Rosa."

"Imagine só...", ela ajustou o tirante da sacola. "Um Maverick vermelho..."

"Com rodas de magnésio. Venha experimentar."

"Isso voa?"

"Estou amaciando."

Luciano comprimia o acelerador. O dia terminava, ainda claro e abafado, antes que a noite começasse a se insinuar pelo mormaço. Ia entre os edifícios da Radial Leste um rastro mórbido de calor. A engrenagem do Maverick rugia, interpretando a impaciência do coturno.

"Você comprou o carro?"

"Não."

Rosalina não se importou com o desprezo daquela negativa seca. Entrou e bateu a porta.

"Qual o rumo?", ela riu. "Não combinamos nada ontem".

O Maverick já contornava uma das rampas de acesso à Radial. Luciano respondeu:

"Vamos ver a morte de perto."

"Nem de perto e nem de longe, soldado. Não faço nada que prejudique o meu jantar."

"Eu quero que você conheça um matadouro."

"Foi bom você me dizer isso, soldado. Eu desço na próxima esquina."

Erguendo a pala do quepe, ele a envolveu num sorriso neutro.

"Menina, não tenha medo. Eu preciso conversar com um sujeito que faz ponto no matadouro de Guarulhos. Você não gosta de fígado?"

"Gosto tanto que tenho um."

"Você não vai perder nenhum pedaço dele."

Rosalina perturbou-se e percebeu ter esquecido os brincos na gaveta da loja.

"Espero que não seja longe", ela vestia uma blusa cor de areia.

O cabo PM verificou o trânsito pelo retrovisor e mudou de pista para percorrer a Guaiaúna. Rosalina atirou os cabelos para trás.

"Que programa..."

"E se você se divertir?"

O Maverick rodou pelos velhos caminhos da Penha até a Avenida Gabriela Mistral. E se eu me divertir? Eu, Rosalina, Rosa, Rô, filha única duma doméstica, Zulmira, e dum contador já falecido, Bento Agenor Batista. O cheiro enjoativo do creme para a barba, e o dedo apertando no rosto um chumaço de algodão ensanguentado, meu pai me aconselhava: "Enquanto você não tiver culpa, fuja das autoridades". Aos domingos, ele me dava o dinheiro do cinema e um trocado para me divertir. Rosa-Rô não teve coragem de procurar intenções no sorriso do soldado. Pelo calor do rosto, estaria muito corada. São Jorge, eu me esqueci dos brincos e do conselho de meu pai. Recuperou-se ao ver os barracos da favela, já em Guarulhos, e as colinas devastadas onde sempre se queimava lixo. Depois, mas ainda na ponte, cruzou as pernas na esperança de que a coxa aparecesse.

Luciano aumentou a velocidade na Dutra.

"O que você tem, Rosa?"

"Eu já disse, um fígado", fingiu espanto e achou o pretexto para enfrentar com intimidade aqueles olhos sob o quepe.

O carro, derivando para o acostamento, ganhou uma viela de pedriscos, ajardinada nas margens com canteiros de grama e dracenas rubras. O cabo PM estacionou num pátio onde o vento, zunindo entre os pinheiros, arrastara por ali a sua palha esverdeada, ou amarela, ou marrom, semelhante a cabelo grosso. Oculto no bosque, surgiu para a surpresa de Rô um restaurante country, com telhado cor de cimento e, a toda volta, um alpendre de lajota escurecida. De duas rodas de carroça fizeram uma porteira. Pilares de tijolo caiado cercavam as vidraças. Era um motel. Chegava-se aos apartamentos pela varanda dos fundos, além dos quiosques onde mesas e bancos, de madeira tosca, estavam fincados no piso. Um motel, atordoou-se Rô.

Com agilidade, Luciano saltou do Maverick.

Andando em torno, como se examinasse a lataria do carro, notou que a jovem encostava-se rigidamente contra o espaldar negro. Muito séria, ela apertava os lábios. O PM abriu a porta.

"Que aconteceu, menina?"

"Suponho que não seja aqui o matadouro onde o seu amigo faz ponto."

"Rosa, não desconfie. Venha comigo."

"Preciso cuidar de meu fígado, soldado."

Depois, não o áspero assobio do arvoredo e nem o despencar das pinhas, mas o ronco dos motores ao longo da Dutra, o cabo PM firmou as mãos no capô e, contorcendo-se, atirou para cima uma risada gritada, que durou com o fôlego e o descair do quepe na nuca. Atitude de cafajeste, isso inquietou Rosalina, não fosse ele tão bonito, assim, com os cotovelos no capô e espiando-a através do para-brisa. Ela saiu do carro.

"Nunca vi ninguém rir desse jeito."

"Não posso deixar de rir porque pela primeira vez na vida eu sou inocente. Vivemos num tempo, minha querida, em que a inocência se converteu numa contravenção infamante. Eu me esqueci do motel."

"Imperdoável ...", perdoou-o Rô.

"Acredite, Rosa. Há atrás do bosque de pinheiros um matadouro."

"Sim. For men."

Luciano segurou-a pela cintura. Examinando vagamente os arredores, endireitou o quepe.

"Vamos entrar pelo portão da descarga", disse. "Basta não ser boi para compreender o poder relaxante dum matadouro."

Com a cabeça na gola da túnica, alcançando com a boca o segundo botão, Rosa não se decidia.

"Eu não tenho a menor vontade de me relaxar num matadouro. Onde fica a entrada principal?"

"Ainda não pavimentaram o trevo", o cabo PM, com os dedos, embaraçava os cabelos da jovem. "Aqui você não pode esperar sozinha", alertou.

"Claro."

Saiu do restaurante um grupo de rapazes e moças. Alguém entoou um samba de Aldo Tarrento:

Minha canção
onde moro e onde brinco
onde a chuva faz ciranda
na varanda de meu zinco

De jeans e camiseta branca, tênis, um de óculos, outro de chapéu coco, um negro de cachecol, mochilas, camisões de flanela xadrez, uma flauta doce, uma cuia de chimarrão, eles produziam um alarido existencial. Luciano assinalou-os com um movimento de ombro, às suas costas, com esteiras e um violão encapado, encaminhando-se para as casinholas, esfregando-se e trocando sussurros.

Meu violão
onde penso e logo existo
onde o passado passeia
e não se toca mais nisto

O PM travou as portas do Maverick. Rosa ergueu a gola da blusa por causa do crepúsculo frio. Ela acompanhava o soldado sem ter sido por ele subjugada ou induzida. Isso a preservava do arrependimento. Simplesmente, por um ato de escolha, resolvera segui-lo sob condições precisas, tanto que evitava o vocabulário do compromisso e o perigo de sua transgressão.

e não se toca mais nisto

Também, se resistisse demais, incorreria no risco da desistência dele e do ridículo de ambos. Um pouco à frente, com a chave dum dos apartamentos, cantando por mero prazer e com apoio nos mitos de sua geração, aqueles jovens indicavam a estrada. Ir ou não ir a um motel, hoje, não dependia de princípios, e sim do perfume ou da lingerie. Ela esquecera os brincos na gaveta do escritório e não depilara as coxas. São Jorge. Não era difícil gostar de Luciano. Rosa sentia-o próximo, e isso por enquanto a tranquilizava.

Andaram rente a um alambrado até o portão.

Luciano gritou para alguém dentro duma guarita e ouviram outro grito em resposta. O capim enroscava as suas espigas no trançado de arame. Entraram por ali, pisando os pedriscos que se amontoavam entre os trilhos da vagonete. No ar, acima dos galpões e montando guarda em círculos, urubus cobiçavam tripas. Numa plataforma de concreto, escorregadia pelo acúmulo de óleo, um caminhão frigorífico era manobrado à ré. A noite veio sem que Rosa percebesse. Há quanto tempo não enxergava uma estrela no intervalo do nevoeiro?

Atrás do caminhão, Luciano deteve-se para que Rosa visse no compartimento os bois dependurados em ganchos.

"Você tem pena desses mortos?"

"Muita pena", confessou Rô.

"Não são mortos. São bifes."

Ela, pausando, desviou a melancolia para outros caminhões que rodavam morosamente fora da plataforma. Terminou admitindo:

"Há diversos modos de ver um boi."

"Rosa, só existe um modo de mastigar e digerir esses mortos."

Sustentando nas costas a carne ensanguentada, um negro de avental e botas de borracha, curvando-se diante deles, assimilava-se à carga. Arfou pela rampa e livrou-se do boi na carroceria. Luciano provocava Rô:

"Nada mudou no país. Continuam dando aos escravos o pior trabalho."

"São Jorge", benzeu-se a jovem. "Que bicho mordeu você, Luciano?"

"Um negro."

Brincando, Rosa se divertia em repreendê-lo sem nenhuma convicção. Umas varejeiras vieram de volta com o negro. O cabo PM, apreensivo, buscava entrever Beiçola naquele avental encharcado de sangue. Logo nos primeiros lances, Luciano compreendera que só ironicamente Beiçola o aceitava como chefe. "O que se pode fazer contra a ditadura militar, meu cabo?". Isso restituía ao perfil de Luciano a rigidez que o isolava dos semelhantes.

"Oi...", Rosa acenou atrás da sacola. "Quer que eu ligue um despertador?"

Riram. Apertaram-se as mãos para, sem saber, trocar os suores que percorriam a pele só por causa desse intercâmbio. Outro escravo, era um mulato de olhos alcoolizados, vinha carregando em triunfo os bifes e as moscas de seu destino. Deram-lhe passagem. Logo depois, pacientemente, deram-lhe as costas e seguiram por uma enorme edificação de alvenaria, muito alta, com lâmpadas que se sustinham nas vigas e impunham em derredor um alaranjado fosco. Tabiques de madeira grossa, a meia altura, iam de coluna a coluna. Um vozerio, em parte humano, mas sempre animal e medonho, debatia-se contra as paredes. No entanto, o odor — e não o tijolo pegajoso do chão — fez com que a jovem parasse.

Na hora da morte o sangue se classificava entre os excrementos, e isso fez Rosalina parar. Vendo a fila de chifres acima das traves, entre os pilares, ela segurou ansiosamente o tirante da sacola.

"Luciano, não demore."

"Você não vem comigo?"

"Não", ela vacilava ante o crescente patear dos bois. "Pode ir. Eu fico esperando."

O PM não se surpreendia. Iniciou uma proposta:

"Se você quiser..."

"Não. Eu não vou sair daqui", a jovem olhava com desagrado a procissão de guampas atrás dos tabiques. "Por favor, não demore."

"Ciao, menina."

Viu-o distanciar-se como se duma hora para outra tivesse pressa, misturando-se a fiscais de bata branca e, mais longe, a uns tipos sangrentos. O mugido, o enorme e denso mugido, sob o teto do matadouro e anunciando-se para a morte, criava e propagava o pavor — um tormento descomunal e sólido — que se arremessava contra as paredes, sem direção e sem alívio. Rosa, ouvindo o desencontrado socar dos cascos na lama, imaginava os bois movendo-se lerdamente dentro dos carreadores, tropeçando no mais infame caminho — nas pegadas do medo e do dejeto do semelhante — e afinal conduzidos a seu último labirinto. Ela perdeu Luciano de vista. O inferno era perder de vista o pecado.

    Sem querer, passeando pelo saguão e evitando o contato com os tabiques, Rô presenciou por trás dum pilar a matança dos porcos. A máquina se assemelhava a uma ponte de metal. Ligaram o motor e ela começou a trepidar. Lá no alto, junto a uma das vidraças opacas, uma caldeira chiava. Na arena dos porcos, um homem forte e pardo, um pouco amarelo, de sorriso cariado e barba duma quinzena, bem que poderia ser chamado de pastor do rebanho. Com pontapés nos porcos, tocou-os pelo carreador no rumo da máquina. Fechado o carreador, um conferente de bata branca tomou nota numa caderneta, ensalivando a ponta dos dedos para virar a página. Enquanto isso, com brutalidade, o pastor enfiava em cada cabeça de porco uma coleira, sobressaindo em cada lombo uma argola de ferro.

    Um atrás do outro, pondo as patas na esteira rolante e grunhindo intensamente, os porcos se elevavam até as roldanas. Eram apanhados por um homem, enganchados pela argola, e desse modo iam desfilando ao longo dos cabos de aço para a caldeira e as raspadeiras mecânicas onde, vivos, se esfolavam na água fervendo. Pelavam-se, e o cheiro do horror queimado era a garantia de que ainda resistiam sob os ganchos e no meio do vapor.

Com o couro quase branco, esperneando, os animais prosseguiam o trajeto, em fila, até as lanças circulares de esquartejamento. Lâminas agudas os esperavam, e pequenas pás, rodando afiadamente. Cada barriga se abria e as vísceras se separavam, latejando contra a morte. Depois, com o rigor e a fatalidade da ciência, ou da bruxaria, os miúdos — ainda latejantes — eram recolhidos no côncavo das pás giratórias. Milhares de porcos.

Os operadores da máquina não visavam a morte: eles queriam a carne. Os porcos chegavam vivos e, sem transição, mudavam de natureza: viravam mercadoria: carne e banha de porco. Ninguém pretendia que a metamorfose fosse cruenta. Os operadores da máquina jamais buscavam a morte. Quem gosta de lombo de porco não imagina a morte ao ver uma fila de suínos no vapor. A morte não penetrava as suas cogitações (palavras dum conferente). Eles desejavam o pernil e a bisteca. Talvez, no matadouro, aqueles homens apartassem as vísceras para que o pavor da morte não estragasse a carne. Eles queriam só a carne. Arrobas de carne.

"Eu não disse que você ia curtir?", Luciano, com o ombro na parede e o quepe erguido, cruzara os braços no peito e apoiava o queixo no dorso da mão.

A jovem dominou-se a tempo de não gritar.

"Vamos embora daqui correndo."

Um servente, pálido e em silêncio, entregou ao PM um pacote. Pelo sangue no papel, era carne. Luciano apressou-se para alcançar a saia onde, sinuosas, as ancas se enervavam.

"Espere..."

"Eu quero ir embora."

"Para onde?" — Luciano pegou-a pelo ombro. "Aqui ou lá fora, só existe o matadouro". Tomaram o caminho de volta. O militar disse: "O que interessa mesmo é não ser porco".

Rosalina estacou e encarou-o com firmeza:

"O que vem a ser exatamente um porco?"

"É quem se deixa esfolar vivo numa engrenagem como aquela e sai numerado, com os restos mortais divididos em quilos e carimbados por um fiscal que não ganha o bastante para escolher o rumo de sua vida e não resiste ao assobio de qualquer gorjeta."

Acercaram-se do Maverick. Rosa abaixou a cabeça e depois sacudiu-a. Afastou da face os cabelos desfeitos, vira isso num filme e teve consciência de que não só o suor umedecia as suas coxas. Assustou-se.

"Estou cansada."

Luciano abraçou-a.

"Foi um dia e tanto, não?"

"Foi..."

Beijou-a com suavidade ao redor da boca. Disse:

"Você trabalhou muito na loja", ele se insinuava.

"É..."

"E agora o matadouro."

O PM largou sobre o capô o embrulho da carne. Por um instante, Rosa suspendeu a respiração e a lucidez. Minava sangue no papel pardo. Ela quis desmaiar. Desejou cair com os joelhos nas velhas tábuas enceradas de sua casa. Brandamente, Luciano lhe lambia a boca. Demorava a decidir-se até que, sabendo o caminho, penetrou-a com a língua tardia. A garota voltou a si para enlouquecer. Abandonou-se. O homem dominou-lhe os seios sob a blusa cor de areia. Chupava-a com metódica avidez, aplicando-se em esgotar-lhe a saliva e o pudor.

Porém, sem desprendê-la de todo, ele parou, como se o interessasse repentinamente o chiar das cigarras. Ela conseguiu colar a testa no peito dele, de onde a retirou e fez o olhar subir, seco e limpo. Avisou:

"Já anoiteceu."

"Que pena. Vou abrir o carro."

"Não ainda", ela o impediu. "Você não quer jantar comigo?"

Luciano apanhou o pacote.

"Hoje não posso."

"Nada de restaurante", abraçou-o. "Que tal jantar agora em minha casa? Não quer?"

Ele destravou a porta e puxou-a.

"Não posso, Rô. Estou numa diligência e acho que

varo a madrugada."

"Sim. Que pena", Rosa ouvia as cigarras.

"Não se aborreça, menina. Leve para casa esse embrulho. São três quilos de fígado."

A jovem conteve a repugnância. Entrando no carro, ela recompôs a blusa e sentou-se; ia falar qualquer coisa, mas, obscuramente, ele interrompeu:

"Eu sabia que você ia gostar."

O Maverick ultrapassou um caminhão-frigorífico.

DONA ZUZA

Usava as duas mãos por baixo da saia e afagava a mulher por trás, sem devolver ao medo ou ao pudor o pedaço tomado. Na pequena sacada da Rua Frei Germano, empurrando a moça contra a parede, entre a avenca e o relógio da luz, ia alternando brutalidade e leveza. As unhas, prontas para dilacerar as coxas, arrepiavam a pele sem que ali permanecesse outro vestígio. Tropeçaram no medidor da água e os dedos do homem circundaram uma reentrância pulsante.

"Luciano..."

Um grito em branco e preto, e dona Zuza aproveitou os comerciais da TV para beber um gole de água com folhas de losna.

"Pelo amor de Deus, Luciano..."

Pensou ter rasgado o camisão de linho cru, com bordados da Ilha da Madeira, mas apenas o descosturou na cava, tanto melhor, enquanto se culpava ternamente ao ouvido de Rosalina-Rosa-Rô.

Arrancou-lhe o sutiã com a avidez dum torturador. Agora lambia o bico do seio com exasperante delicadeza. Ela relutava, mas só se escutavam os gemidos da novela das dez. A porta sempre com o postigo aberto.

"Mamãe pode ver..."

"Dona Zuza me topa, Rosa, mais do que você."
"Luciano, não fale assim comigo."
"Vamos sentar no sofá."
"Não. Só depois que mamãe for dormir". Apesar da relutância, houve noites em que dividiram com a velha o sofá da sala, olhando o televisor e mastigando balas de cevada. Na parede, um relógio picotava o tempo. De pernas afastadas e o quepe na braguilha, Luciano aperfeiçoara na voz uns acentos gentis. Com diplomacia, tolerava a torta de maçã da semana passada.

Outra noite, sozinha na sala, dona Zuza diminuiu o som da TV. A luz que vinha do fundo do corredor parava nas suas mãos ásperas. A mulher, tirando os óculos, viu que não precisava trocar o esparadrapo da armação. Fatigadamente, ouviu o sussurro da filha e do soldado atrás do postigo. Embora abotoando a blusa até o pescoço, não se livrou do frio. Se quisesse lembrar aquele capítulo da novela das dez, por Deus, não conseguiria. O que diriam os vizinhos? Pegou a cesta do tricô, deixou-a no mesmo lugar, e indo para a cozinha, meio tonta, abriu e fechou a geladeira. Desligando a lâmpada do corredor, deslizou para o quarto. Ela era a mulher que, pequena e curva, grisalha e surpreendida por uma desistência essencial, refletiu-se em sombra no vidro da cristaleira.

Na sala, Luciano puxou o zíper depressa e exibiu o inchaço, tenso e empinado, através da braguilha. Só tarde demais Rosalina assustou-se. Ele a abraçara de modo a suspender-lhe a saia muito justa e a agarrara com fúria, impondo-se, quente e trêmulo, pelo vão das coxas.

"Luciano..."

"Não grite."

Caíram no sofá, escandalosamente, e o estalo das molas soou como o reencontro da vergonha.

"Você tem coragem de fazer isso..."

"Não grite que fica pior."

Então, da sandália até a calcinha branca, partindo das unhas e subindo na penugem em busca do amorenado mais íntimo, as pernas de Rosalina, Rosa, Rô, mas ela se libertou dele no canto do sofá e se encolheu.

"Indecente..."

"Ponha a mão, querida."

"Nunca..."

"Isso. Assim..."

"Luciano."

"Mova. Encoste no peito."

"Não. Não."

"Assim, Rosa. Continue."

Despejou com violência na garganta de Rô.

Era isso nas noites em que o soldado aparecia.

Num domingo, passeando tristemente no Zoo, ela plantou verde falando de enxoval. O vento trazia o cheiro acariciante das últimas florestas. Fazia calor no Jabaquara, e ela recordou o bordado dum pano de cozinha: "Deus abençoe este lar". Era só atravessar o gradil e correr pela Anchieta para ver a praia e o Atlântico. Porém, entre os dedos, Luciano disparava cascas de amendoim nas girafas. A casa da Frei Germano era dela, mas a dona Zuza tinha o usufruto. Um militar do Rio, com quem Luciano marcara encontro no Zoo, não viera. Dona Zuza repetia: "Uso e fruto..." Tanta gente no Zoo. Rosalina se abeirou duma jaula. A tarde se estendia diante deles como uma das toalhas de seus guardados.

Dona Zuza não se incomodaria de morar no quartinho dos fundos. Não se podia confiar nesses militares do Rio. Havia um alpendre com samambaias e defronte o quartinho com o banheiro ao lado. Rosalina riscava com o dente a mão de Luciano. Uma amiga de dona Zuza sempre dizia: "Sinal de aliança, Zulmira, só quando o marido engorda".

Não descobriu que ele era casado. Experimentaram de pé mas sem tirar a calcinha. Rosa enfraquecia de medo e nojo. Depois que ele se despedia, demorando no portão para arrumar o quepe, ela acendia a luz e se enxugava; desgrudava rastros no soalho, e amarrotando o papel higiênico, atenta a cheiros e manchas, passava algum tempo sem olhar-se ao espelho.

Soltando os cabelos, sentava-se no bidê e se esfregava com a espuma do sabonete e a água morna. Escondia o rosto nos cabelos. Estava chorando. Um dia ele me prende pelos cabelos, me arrasta por essas ruas da Penha até um hotel de viajantes, me arranha toda, me morde, me arranca o vestido, me lambe, me derruba no chão, me invade pelas feridas à sua espera e me suja por dentro. Chorando, ela estremecia e sufocava um grito porque ia gostar de tudo que ele fizesse. Era isso nas noites em que ele vinha.

ESTA NOITE

Agora, na Frei Germano e sob o silêncio noturno e oleoso da Penha, o cabo PM raspa a banda dum pneu na guia da calçada. Antes de puxar o freio, acelera ruidosamente. Gira a chave e desliga as lanternas. Dona Zuza mostra o rosto por trás do postigo, abre a porta e passa para a sacada. Luciano observa-a toda agasalhada e encolhida num casaco de flanela.

— Faz frio, dona Zuza.
— Boa noite, Luciano. Entre.
— Boa noite. E a Rosalina?
— Ela me pediu que esperasse você.
— Aqui na sacada, dona Zuza? E tão tarde? — ele a repreende com atenciosa indiferença e a interroga com o olhar urgente.

A mulher assoa o nariz num lenço de papel e o esconde no punho do casaco.

— Não se preocupe — ela recua um pouco para que Luciano se adiante. — Eu dormi no sofá até ouvir o barulho do carro. Esta sala guarda o calor do dia.

Solene, o cabo transpõe a soleira; respeitoso, detém-se no capacho; ressabiado, ocupa a poltrona. Pelos seus cálculos, ainda é cedo para que dona Zuza comece a suspeitar de algum propósito menos conjugal com Rosalina, Rosa, Rô. Mas podiam ter dedado. Claro. Seria um tanto ridículo discutir direito civil com aquela velha. Ele preferia um furioso qualquer, de voz ventral, meio bêbado, desses de palito sob o bigode e com canivete no molho de chaves. Quantas vezes surrara cornos e irmãos irados? Agora seria preciso variar o método. Enquanto isso, a sua consciência o acusa de não ter tirado o quepe. Pondo-o na mesa de centro, sem comprometer o aprumo do trilho de crochê, Luciano prepara-se. Dali examina de frente o Cristo com o coração de fora.

— O que aconteceu, dona Zuza?

Ela diminui o volume da TV.

— Eu volto já — desaparece no corredor e regressa com um sorriso e um prato estanhado. — A Rosa me fez entender que você aprecia as minhas rapaduras de leite.

— Dona Zuza... — ele protesta com afeição e azia.

— A Rosa apanhou uma gripe forte.

— Que pena — Luciano investiga: — De repente?

— Desde ontem — alguma coisa atrai a curiosidade de dona Zuza na TV. — Hoje amanheceu com tosse e muita febre — seria a asa-delta que, no horizonte, acaba de transformar-se em bolachas. — Então, você imagina como são as viúvas com filha única, eu tomei a liberdade de proibir o encontro de hoje.

— Pois eu quero louvar o seu senso de dever, dona Zuza — Luciano irrita-se com benevolência, e a velha acomoda-se no canto do sofá, sem desviar os óculos da tela. — A senhora agiu com responsabilidade — range os dentes o militar.

— Vocês têm a vida inteira para isso.

— Sim — apressa-se Luciano. — Temos muito tempo — e ele se curva para as rapaduras enquanto dona Zuza junta as mãos.

— Você não se aborrece se ela continuar no quarto? — a velha enfia uma das pontas do guardanapo embaixo do prato. — Não repare. Algumas esfarelaram — depois, com as mãos juntas, ela compõe um círculo entre os dedos; relaxa-o com resignação, contornando um remoto abacate, agora uma pera.

— Não fosse por estas rapaduras, dona Zuza, eu me aborreceria mais — ele morde. — A Rosa precisa permanecer segregada em seu quarto — mastiga. — Se ela se atrever a fugir, descumprindo as suas ordens, aqui estou eu para o flagrante, com algemas e preleção moral — engole. — Que prato. Que sobremesa.

— Preleção moral?

— Sim. Uma espécie de tortura.

— Coitadinha — eis o mais recente aditivo para a gasolina. — Foi um custo convencer Rosa a ir para a cama — a mulher sucumbe aos farelos, que cata com desvelo, e insiste: — Pegue mais uma, Luciano.

No momento, seguro de si, o cabo tritura, prensa e ensaliva a porcaria nauseante, amassando-a entre os dentes. A pele de Rosa-Rô compensava a indigestão. A autoridade limpa os dedos no guardanapo e descobre uma dor no molar.

— O sono age como um remédio — ele rejeita com a língua a dor adocicada.

Por causa do esparadrapo no aro, dona Zuza retira os óculos e dobra-os no braço do sofá. Um dom do vento, cheiros do Rio Tietê extraviam-se pela casa. A imagem da TV escurece, e com ela, o mundo; mas retorna antes do susto. Míope, a mulher fita Luciano como se ele não estivesse tão próximo, na sala, mas no outro lado da calçada.

— Quase quarenta graus de febre.

— Desde ontem?

— Imagine. A Rosa faltou ao serviço hoje. Aliás tomou logo umas injeções.

— Bom.

— Não quer outra rapadura? — um pernilongo se desprende do escuro e invade o âmbito azulado da tela.

— Basta. Eu agradeço.

Dona Zuza vai falando cada vez mais devagar. Interrompe-se. Luciano atiça o assunto até que ele se extingue por si. O televisor brilha na sala como um chefe de família, sugerindo reverência e vassalagem. Nisso o militar sente que para a velha, no minucioso silêncio com que ela o observa, ele, Luciano, apoderou-se dum lugar dentro da casa e não no outro lado da rua. Sem os óculos, a mulher o enxerga de perto, nitidamente. Isso o inquieta. Dona Zuza e seu casaco de flanela marrom, as mãos juntas, cercando o vazio.

Luciano demonstra uma sonolenta apatia. Recosta-se ao espaldar da poltrona, consulta o televisor que, em preto e branco, aquece o posto do velho Bento Aǧenor Batista, pai de Rosalina, desencarnado num Sábado de Aleluia, à noite, numa trombada de trem com ônibus na passagem de Artur Alvim.

Com intenções cerimoniais, Luciano inclina-se para o trilho de crochê e procura surpreender-se com o labirinto de trama e ponto. Diz:

— Como a senhora sabe, dona Zuza, o policial tem muita psicologia. Nem só de bala morre a bandidagem.

— Claro — sem que isso a perturbe, a mulher se divide entre a lógica da segurança e a comunicação de massa.

A dor se concentra no molar. Pelo que o cabo PM protesta:

— Alguma coisa sucedeu, dona Zuza. Eu não posso permitir que a senhora se preocupe tanto — ele utiliza uma voz mansa, de capelão, atraindo confidências com a garantia do sigilo. — Confesse. Não me esconda nada.

Outra vez míope, ela tenta vê-lo na calçada defronte. Hesita:

— Como direi?

— Tendo confiança em mim — Luciano remaneja a saliva. — Se não confiamos na Polícia Militar, dona Zuza, o que nos resta?

— Eu confio em você, meu filho. Eu acho você um rapaz muito bom.

Apressa-se o soldado:

— Então, dona Zuza, por que perder tempo com a irrealidade? Só os intelectuais julgam criar fantasmas em cativeiro para depois compreender que apenas criaram o seu próprio cativeiro.

Veladamente, a mulher arma os óculos e coloca-os sob a luz pálida.

DIÁRIO, 1976

Março, 7. Tenho imaginado o sociólogo na Tutoia. Editado nos Estados Unidos e na Europa, poderão matá-lo na América Latina, jamais se atreverão a torturá-lo. Porém, nos corredores do presídio, atrás dos pilares, e pelo espaço entreaberto das portas, alguns lábios (poucos e cautelosos) comentam que ele já está na ilha. Coincidentemente ou não, Ana Maria disfarçou com capas de Morris West e remeteu para a penitenciária a terceira edição da *Sociologia tribal* da Zahar, e uma coletânea em que o mestre colabora, como sempre, com o artigo mais instigante.

Março, 10. Munhoz Ortega retomou na cela o caderno de esboços: ajustou o cavalete sob a luz da grade, devagar, e riscou no quadro uma cerração cinza: depois, espantando a neblina a pinceladas de amarelo e vermelho, trouxe do fundo, pela mão, numa túnica que ainda mais a alongava, os olhos de avelã e os cabelos à nazarena, Ana Maria Balarim Cotrim.

Março, 11. Decidi mostrar a Ana Maria o meu *Diário metafísico*. Antes, devo refundi-lo.

o motim na ilha dos sinos
capítulo 6

RAFAEL E CACILDA

Ungidos pela baba da noite, eles entraram na Nova Barão. Pedrinho da Cantareira olhou em volta para sucumbir com decência: não era de amontoar em qualquer canto o seu esqueleto de tergal e relógio Tissot. Veio uma negra rebolando os jeans: pelo que sumiu o pifão de Pedrinho da Cantareira: ele se desenturmou de fino, mas não esqueceu de avisar:

— Foi essa negra a malvada que me deixou crioulo.

— Ciao, Pedrinho — concordou Cacilda.

A claridade crua na pele, nenhum outdoor os aceitaria, Rafael e Cacilda lavaram a boca no último chope dum bar da Sete de Abril. Ia amanhecer logo. Cacilda soprou o bafo no espelhinho e esfregou-o na blusa. Soprava de novo. Continuou esfregando. Foi sincera:

— Só se você tiver carro. Não estou a fim de bater perna.

— Estacionei o táxi na Bráulio.

— Seu táxi?

Rafael disse por dizer:

— É da frota de meu cunhado.

Cacilda limpou numa nota de cem a sobra do batom.

— Serve — ela disse. — Mas a esta hora você devia rodar por aí carregando o próximo.

Rafael beijou-a na nota de cem. Cacilda mostrava as olheiras da onda-viagem.

— Que gentil. Não é todo dia que uma mulher como eu recebe um galanteio.

Motorista de prestantes e grados, confidente de Ziri do Itaim, Pedrinho da Cantareira se definia a si mesmo com nobres palavras: "Pobre, porém de chapa oficial..." Uma mulher séria, Cacilda. Jamais falava que naquele segundo tinha tomado uma ducha ou, ao longo da semana, frequentado o bidê com crença e fervor. Só largava a calcinha de crochê no derradeiro. Descabaçada pelo noivo que morrera de desastre durante os proclamas, quem não gostasse do caso ouviria outros, pois Cacilda não usava em vão os tímpanos do alheio. Enquanto andavam pela Sete de Abril, polindo-se nas ancas, ela pegou a mão esquerda de Rafael.

— Deve ser bom ter um cunhado — e pediu que ele confirmasse: — É bom ter um cunhado?

— É bom.

Cacilda com pulseiras de tango e pinta postiça.

— No domingo vocês almoçam juntos? Quero dizer com os sobrinhos e uma sobremesa.

— Sim. Arroz-doce.

Nas unhas de Cacilda, das mãos e talvez dos pés, o tom sangue-metálico. Um gesto de franja e colar. As botinhas na calçada.

— Nem perguntei se você tem sobrinhos.

— Tenho. Tenho.

A amizade e a pecúnia não se excluem, Pedrinho da Cantareira promovia Cacilda por telefone: "Doutor, a menina corta o doze sem perder apara". Nesse negócio, a metáfora sempre foi quase tudo. Sob uma árvore da Praça Dom José Gaspar, ao lado de quiosques fechados, onde o vapor de mercúrio descobria uma noite verde, Cacilda exigiu:

— Agora você me mostra a rola antes de acordar.

A advertência de Rafael:

— Na rua?

— Que eu saiba, a rola não resfria. Eu prometi nunca mais dormir de botina.

— E se aparecer a polícia?

— Eu cheguei primeiro — sorriu Cacilda.

Cinco botões fora da casa, a gente tem que se cuidar, se não, já te devolvo, pronto, pode guardar, OK, abotoei errado, não, tudo em cima, OK. Passando a flanela no para-brisa, Rafael disse:

— Você lustrou o espelhinho e nem se olhou nele.

— Você reparou, hem? — Cacilda amaciou os quadris.

— Quando o espelhinho ficar preto por causa do meu bafo, vou morrer. Uma vidente do Jabaquara me vendeu a prestações esse futuro. Você acredita?

— Eu nunca tive um espelhinho.

Cacilda apanhou a mão direita de Rafael, alisou os dois dedos e a cicatriz. Disse pobremente:

— Você é bonito.

Rua dos Andradas, 101. Sexto andar. Apartamento 606. Agora Cacilda rasgava em dois pedaços a tira de papel higiênico.

— Se usar o mesmo pedaço, o casal briga.

Através da veneziana, a aragem estufava de leve o cortinado. O mostrador fosforescente do relógio, em cima da penteadeira, indicava que o tempo deixara de passar. Um urso de pelúcia, na cama de colcha adamascada, sabia some words e permanecia calado. Sapatos, aos pares, enfileiravam-se junto ao rodapé, por trás da porta até o guarda-roupa. A surpresa, numa velha chapeleira de mogno, duma coleção de bengalas.

Cacilda estava morta de sono e com a cabeça fora do travesseiro. Rafael, voltando do banheiro e fechando a porta do quarto, defrontou o torpor. Sem ruído, sentou-se na cama e contemplou a nudez de Cacilda. Dormimos sobre o suor. E, fermentado o suor, a emanação interrompe o sono, então acordamos para os passos dados que também daremos. Rafael percebeu a dor. O toco da mão parecia despertar, começou a mexer-se no lençol, subindo, arrastava-se entre as coxas de Cacilda. Rafael deteve um gemido. Os dois dedos, como um alicate, cavaram aqueles pelos mordidos e chupados. Mesmo dormindo, tão treinada no vício-virtude, Cacilda moveu o ventre, foi movendo até a cama ranger, Cacilda de tantos suores, Cacilda do destino manipulado.

Rafael quase gritou: tirou a mão e abandonou-se, escorregando para o tapete. No mostrador fosforescente, ou no urso de pelúcia, pouco restava da madrugada. "Você é bonito". Rafael lambeu a cicatriz.

DROGAS

Água de colônia. Água de quina. Água de rosas. Água de alfazema. Batom. Brilhantina. Creme para a pele. Amônia perfumada.
— Boa noite, Raul.
— Eu não sou o Raul.
— Eu sei, Raul.
— O senhor não pode ir além do balcão.
— Também sei.
Depilatórios. Desodorantes. Dissolventes. Carmim. Crayon. Cosméticos. Essências. Extratos. Esmaltes para unhas.
— Por favor, cavalheiro. Não aplicamos injeções.
— Chega de frescura. Isto aqui dispara sem receita médica. Deixe essa gaveta aberta, Raul.
—Sim senhor. Sim senhor.
Fixadores para cabelo. Fivelas para cabelo. Grampo para cabelo. Cheiros em pastilha. Escova para cabelo. Escova para dentes. Escova para cílios. Escova para unhas. Lápis para maquilagem. Glicerina de toucador.
— Há por acaso um cofre nesta bodega?
— Atrás do armário.
—Vamos até o cofre, Raul.
Lança-perfume. Loções. Pastas. Pomadas. Lixas para unhas. Líquidos para boca e dentes.

— As drogas, Raul. As drogas.

— Drogas?

Óleos. Petróleos. Pentes. Pompons. Talco. Sachês. Pó de arroz. Rouge. Sabões. Sabonetes.

— Deite de bruços no chão. Não se levante por uns quinze minutos. Esqueça a minha cara. Esqueça a minha mão de dois dedos, Raul.

Redes para cabelo. Tinturas para cabelo. Tijolos para unhas. Vernizes para unhas. Shampoo. Vaporizadores. Desinfetantes e vinagres aromáticos.

— Eu esqueço. Eu esqueço. Nem tinha reparado.

— Muito bem, Raul.

RAFAEL E A LOIRA

Estacionou o táxi sob a árvore e apagou os faróis. Foi até a esquina como se tivesse pressa, quando parou, o tênis alisando uma saliência na sarjeta, um pedrisco, só ouviu o embate das chaves na argola — entre os dois dedos. Desceu a travessa para a Sena Madureira. Perto do poste, na Sena, rua com duas pistas desniveladas, encontrou na calçada os reflexos do letreiro a gás neônio do Drive-in Honolulu.

Uma brisa de novembro despertou no meio da noite e, escapando entre as árvores do canteiro, esteve por um momento nos ramos, logo a impressão de que as folhas negras boiavam. Mariscando, as paqueiras do Sunao Kina e do Takeshi se equilibravam nas botinhas de camurça. Acompanhavam com o olhar os carros que subiam para a Vergueiro. Comprimiam as pernas, uma coxa na frente da outra, torciam-se, luz baixa, iam empinando a bunda e o peito, luz alta, agora a inocência lânguida, o chamado da buzina, o risinho, fingindo deter no decote as tetinhas saltadas, o ponto-morto, oi, o anzol da língua, o vidro abaixado, meu amor e o tilintar da pulseira escrava.

Rafael, com o ombro no poste, era um Ford Corcel que rodava em segunda pela Sena Madureira, desabotoou o bolso da jaqueta e viu a loira sair do carro, ele deixou desabotoado o bolso da jaqueta, batendo a porta, uma loira de calça Lee e blusão largo, a tiracolo a mochila de brim, o ombro no poste, o Corcel passou com as lanternas ligadas, parecia uma velhota a do volante, de cabelo curto e cigarro, a loira mascando chiclete despuxou o zíper da calça Lee, de longe o ronco do motor, sem uma sandália e depois a outra, quase caindo no asfalto, ela tirou a calça Lee, venceu suavemente a dificuldade de despir a calça muito justa, então o lado da coxa, a calcinha dum rosa-claro, furadinha, o ombro no poste, e pondo os guardados na mochila veio com uma saia de napa. Após o silêncio, a mão dele no blusão largo.

— Você vem sempre aqui, loira?
— Às vezes. Hoje deu certo.
— Que bom você ter vindo, loira. Quanto custa o solo de flauta?
— Estamos cobrando quarenta cruzeiros.
— Quarenta cruzeiros?
— Umas até cobram mais caro. Pergunte ao Takeshi. Pode perguntar para as meninas do Sunao.
— Não vou perguntar nada, loira.
— Sabe, você tem a pinta do James West.
— Não. Você deve dizer isso a todos.
— É verdade, meu bem. Você não vê o programa?
— Eu não perco o James West.
— Hum. Eu não falei?
— Quarenta cruzeiros.

— O James. Que cara legal.
— Sem dúvida, loira. É da polícia.
— Onde vai ser, meu bem? No seu carro?
— Vamos experimentar o Simca Chambord do Sunao.
— O Sunao cobra uma nota pelo Simca.
— Vamos.

Entrando no drive-in, devagar, andaram pela rampa de lajota. Escondiam-se na sombra do muro caiado. O Simca ficava nos fundos, além do bar, não se via dali por causa da cortina de fitas plásticas. Depois que Takeshi viajou pelos Estados Unidos, Sunao Kina espalhou sinais de trânsito no terreno, entre os pilares com chapisco branco e a folhagem de dracenas. No alto, nos painéis, uma visão de comics com lente de aumento: as vedações da publicidade: girls e marcas de óleo para o cárter, brotando o amarelo do furo roxo da lata.

— Você conhece o caminho, loira. Eu não demoro.
— Ciao.

Sunao Kina nunca dava as caras. A luz surgiu por baixo da porta. Um sax em surdina, saindo dum gravador, intercalava-se no ar e se confundia com o brilho dos copos molhados. Rafael pisou na serradura e indagou do negro como ia a família. O negro não respondeu, segurou o farolete e se dirigiu para o pátio. Era um sax intenso como o escuro do rio sob uma ponte. Takeshi abriu a porta e colocou a chave do Simca no balcão. Um sax que, com o branco da voz negra, a cor da apara da unha, ou dos ossos, arranhava as cicatrizes, feria as coisas tatuadas, e riscando o verniz da mesa, as paredes, as telhas-vãs e o peito, anoitecia adiante da hora. Rafael tirou do bolso da jaqueta o dinheiro que Takeshi contou no dedo cuspido e separou por quantias, no balcão, prendendo os maços com elásticos verdes. Desfalecendo, mas recuperando o grito a partir do fôlego perdido, aquecia a memória e a garganta o sax noturno.

Enquanto isso, murmuravam e largavam gemidos sob a cobertura de amianto as onze baias do drive-in. O negro, naquele instante, percorria a rampa e chegava ao pilar do portão.

Os frisos. A bruxa de feltro no para-brisa. Os cromados que o negro costumava polir com esponja de aço e sapólio. Sentada no capô, a mochila ao colo, a moça amparava o queixo com os dedos cruzados. Farfalharam as fitas de plástico, e agora sob a lua, derramada e ardente, cintilava o marrom-metálico do Simca Chambord.

— Loira, olhe a chave. Cansou de esperar?

Escorregando em câmara lenta, ela fez a saia de napa erguer-se.

— Não — disse. — Só que tem uma coisa. Você não se importa de pagar adiantado?

— Eu não me importo com nada.

— Uns acham isso chato.

— Eu não acho, loira.

— Melhor se tiver trocado.

— Dez. Vinte. Trinta. Quarenta.

— Meu bem.

O leve rascar da porta. Acesa a luzinha vermelha, o joelho em cima do estofado, a cama de casal com a colcha de cetim. A mola estalou. E o sussurro:

— Por mais vinte cruzeiros, eu tiro a roupa.

— Tenho um pouco de pressa, loira.

O Simca Chambord exibia um retrovisor com franjas de camurça vermelha, e cortinas de correr com pingentes e borlas. A moça, tapando os lábios e o queixo com os dedos, fisgou o chiclete, era de morango; antecipou no beijo um anel de batom e rolou-o no calor. Após o tremor úmido, cuspiu o catarro atrás da cortina, enquanto a peluda mão de dois dedos esquadrinhava o porta-luvas e se apossava dum pacote pardo.

O homem abotoou-se e empurrou a porta.

— Até outro dia, loira.

O negro estava na calçada. O farolete piscou três vezes. Usando como guardanapo o papel higiênico, ciao, ciao, James, a moça retomou o chiclete e penteou os cabelos.

PONTO DE ENCONTRO

— Jacira...
— Oi. Com licença?
— Você não estava dormindo.
— Eu não.
— Bem que eu desconfiei.
— Desconfiado.
— Noites maldormidas.
— Sonhos mal acompanhados. Estou acordada. Estou aqui com você, Rafael.
— Você quer ficar aqui?
— Eu quero.
— E depois, Jacira?
— Depois, depois, depois. Só existe agora.
— Jacira. Você anda lendo muito.
— Gostou de minha camisola?
— Eu gosto de você, menina.
— Rafael, escute...
— O que você quer que eu escute?
— De repente um sossego... A noite sozinha, sem motor de carro.
— Por pouco tempo. Não se iluda.
— Isso não tem importância. Enquanto o tempo não passa, Rafael, a gente também não precisa passar.
— Jacira. Jacira.

O SACERDOTE

Foi na rua, um descrente me perguntou num terminal de ônibus se eu sou pastor por vocação ou por necessidade. "Necessidade de quem?": eu nunca deixo de revidar, e ele se remexeu no lodo de sua sapiência. O sentido das palavras é, no mínimo, bifronte. Quem desconhece isso, logo perde os sentidos. A prece está para a grei como o poema para os egrégios. Tudo é necessidade e tolerância: não seria preciso dizer mais: eu peço esmola pelo amor da síntese.

Irmãos, não sejam mesquinhos e cruéis para com o seu pastor. O domínio cego do dinheiro gera a sua servidão. O reverendo Proudhon afiançou ser a propriedade um roubo; mas a isso eu acrescento que, embora espoliados na partilha, todos somos cúmplices desse roubo. Por que eu buscaria outro motivo para a generosidade dos fortes?

Tradicionalmente inábeis para a violência, âmbito que abrange o trabalho rotineiro e suado, os sacerdotes do mundo primitivo criaram o sagrado e, portanto, o profano. Aperfeiçoando o ritmo, descobriram o rito e a consciência do privilégio. Assim, a quem incumbir, se não aos sacerdotes, de velar pelo ardor do sacrifício, pelo brilho do fogo, pelo destino do fumo e pela guarda da carniça? Aromatizá-la foi o prenúncio da alquimia.

Fariam os deuses questão do couro? Dos ossos? Do

sebo? Dos chifres? Eis o início da especulação teológica.

Os sacerdotes são os pioneiros na degustação da carne assada; e no uso de peles e tripas para embutidos e defumados, também para a nutrição. Espalhando os carvões no côncavo da rocha, logo eles aprenderam a distinguir dos restos calcinados os pernis estranhamente assados, macios, cálidos, com laivos afluentes de sangue, tocados pelo hálito, e não pelas convulsões do fogo.

A churrasqueira de alvenaria, irmãos, antecedeu a catedral gótica.

DIÁRIO, 1976

Março, 23. Dos presos políticos ficou só o Portuga que, sem um partido para governar ou trair, entra na sala da biblioteca como Stalin na sua dacha e me examina através dos óculos de aro de aço. Literalmente, joga na mesa o volume da Zahar, de Luís Guilherme, e se afasta sem dizer nada. Ele me analisa a frio como se eu fosse um protozoário na lâmina.

Apanho de imediato o livro, abro-o, vou observando que esse preso político, um marxista autêntico, e portanto, sem alicate de unhas, mas com furor ortodoxo, deixou marcas digitais à margem de um ou outro trecho.

São as piores, as pegadas da irritação crítica.

Abril, 25. Eu crio o meu desconforto para não ter que suportar o desconforto imposto pelos outros: não se faz nenhum favor no presídio: sofro a fome, não peço o prato que não possa ir buscar.

Parece que Portuga divide com outro marxista a ala dos presos políticos. Eu poderia perguntar ao capitão Lair, por escrito, quem chegou sem ser notado: mas não faço isso.

De relance, comprimindo a testa na minha grade, vi um homem de bengala, uma jaqueta de brim preto, e que sumiu na galeria. Elpídio Tedesco não se interessa por nada, a não ser Martarrocha. Ortega só se interessa por si mesmo.

Repentinamente, os lábios da prisão emudeceram.

o motim na ilha dos sinos
capítulo 7

A GATA

Gilmar, balconista do Reinaldo's da Vila Matilde, tragou o fumo da última bagana e passou-a a Toninho Dedão. Isso se fez com a elegância de quem trocava de camisa todos os dias. Só Gilmar, não Toninho Dedão, era hóspede de Teresa de Jesus. O cortiço de Teresa ficava entre a Minuanos e a Dalila. Era o começo da Rua Eulália, quase Aricanduva. Diziam que as obras do Metrô arrasariam aquelas casas em seis meses. Toninho Dedão olhava o muro com indiferença quando surgiu a gata.

Era branca e velha. Já morava na casa de cômodos antes mesmo de Joel My Friend. No ar cinzento, farejando a sujeira da noite, ela sentou-se placidamente, parecendo recordar que, às vezes e um pouco acima dos telhados, luziam olhos de gatos mortos. Toninho Dedão devolveu a bagana. A gata desceu pela parede, e por um momento, as sombras do jardim abandonado a encobriram. Gilmar aproximou dos lábios o calor da erva.

Sozinhos, o olhar rasteiro, não se encaravam.

Dividindo a maconha de Joel My Friend, fumavam apenas, quase se evitavam, vigiando o silêncio que os entorpecia e espaçava os seus gestos. Nas tardes de sábado, ganhando por hora, Gilmar e Toninho Dedão suavam juntos no Banho Turco Evans, perto da Amador

Bueno da Veiga, simulando veadagem para implantar a tendência na Zona Leste. Criavam um clima para a voracidade latente dos frequentadores.

Entretanto, alguma coisa acontecia: a gata cavava a terra áspera do jardim: percebia-se ao longe o som do Galpão do Orozimbo. O televisor estava ligado no quarto de Teresa de Jesus, a dona do cortiço. Sinal, para Gilmar, de que o marido comparecera e se exibia de tatuagem e fita do Senhor do Bonfim. Teresa de Jesus, mulata de bigode e voz grave, agora dormia contrariada. Toninho Dedão adivinhou a chegada de Joel My Friend antes que ele apontasse na Minuanos.

A pele de Gilmar, balconista do Reinaldo's e boy do Evans, tinha o cheiro do sapato novo — de mulher — e do papel de seda que, na loja, farfalhava de dentro para fora das caixas, de repente, ao deslocar-se a tampa. Não só isso subjugara Teresa de Jesus, também os cabelos lisos e compridos, as abotoaduras de madrepérola nos punhos revirados e, aos domingos, o tênis sem meias. Logo em seguida, sob a colcha, atraiu-a e viciou-a a nudez pálida e firme daquele menino, de ossos longos e abraço macio. Um ou outro atraso no aluguel, mais a roupa lavada e passada, Gilmar penetrava-a no escuro e sem entusiasmo, porém com pertinência e higiene.

Toninho Dedão descontraiu os músculos pardos. Joel, de mãos nos bolsos e de frente para o frio encanado, ficou um pouco na sarjeta, apoiando as solas nas raízes duma seringueira. Não foi preciso tocar no assunto para que Gilmar e Toninho soubessem que naquela noite ele não carregava a erva. Nisso, vindo de dentro da casa, a mulher Inês caminhou até o degrau da varanda para jogar num canteiro a água duma vasilha, espantando a gata. Ouviu-se o chiar de seu brio. Um salto entre as gotas rutilantes e o animal, branco e velho, encolheu-se no alto do muro.

Sem palavras, despediu-se Toninho Dedão e ganhou a rua. Entrou Gilmar pela treliça ao lado da garagem. Joel My Friend acendeu um cigarro.

De blusa xadrez, o casaco de veludo nos ombros, a mulher Inês ocupou um trecho de luz indecisa, na varanda, e demorou-se ali, segurando a vasilha diante de Jô. O papel do cigarro, queimando em círculo, criava um depósito de cinza que logo se esfarelava. Tinha a mulher Inês o olhar direto e a pele sem ruga. A gata lambeu-se aplicadamente. As coxas da mulher Inês apertavam-se na calça Lee. Quando Jô atirou o cigarro contra o portão de ferro, e voltou-se, ela já desaparecera. Também a gata, nos desvãos do telhado, refugiou-se na sombra. Joel My Friend escorregou as mãos pelo couro do casaco, e com um pressentimento, esfregando o dinheiro por fora dos bolsos, enfiou-se pelo corredor. Ia pisando sem ruído os ladrilhos úmidos. A noite não disfarçava a fedentina do cortiço. Dum quarto, pela porta entreaberta, escapava a neutra claridade dum aparelho de TV. O dinheiro tornava-o desconfiado e agudo. Jô adiantou-se devagar: olhou pela fresta a mulher Inês olhando-o.

O corpo de Inês atordoou-o. Naquela carne, súbita e completa, onde as formas emergiam do escuro, a nudez feria todos os seus sentidos e o amedrontava. Tentou abrir a porta, mas uma corrente o impediu. A mulher bateu delicadamente o trinco.

Enquanto o surdo ressoava no Galpão do Orozimbo, como açoite, Jô não se apressou ao longo do corredor até a última porta do tabique. Era o seu cubículo, onde foi penetrando morosamente, medindo o tempo com o tato e a suspeita. Espiou o escuro para reconhecê-lo. Só então despiu-se, atirando a roupa contra a parede. Agachou-se para ligar um abajur no soalho. A luz ergueu-se do chão, débil e mórbida, imprimindo um círculo amarelado entre a cama e o tabique. A mulher Inês surgiu no quarto, ela empurrara a porta brandamente, trancou-a atrás de si, e tangenciando a curva imprecisa da luz e da sombra, em torno de Jô, depositou na guarda da cama uma toalha, e no soalho, ao alcance de quem se deitasse, a vasilha de água.

Sem nada dizer, sem ao menos olhar para Joel My Friend, ela puxou o vestido pela cabeça e ajeitou os cabelos com as duas mãos. Depois, com um tremor, invadiu a claridade exígua. Abraçaram-se de frio e desamparo.

A mulher Inês, que parecera despertar com o próprio grito, usou a água da vasilha para lavar-se. De olhos baixos, esfregou-se urgentemente na toalha. Joel My Friend, sob a coberta e com os braços atrás da nuca, viu-a agitar-se na sombra, como uma lembrança, e abotoar o vestido nas costas. Sem se despedir, com a vasilha na mão, ela saiu e fechou a porta. O surdo no Galpão do Orozimbo perseguiu-a pelo corredor.

    Enxotando a gata, a mulher Inês jogou no jardim a água suja.

ATÉ DEPOIS DE AMANHÃ

Dona Zuza buscava um indício de que Luciano não estaria arriscando Rosalina ao falatório da vizinhança. O *Capricho* da última semana trouxera uma fotonovela sobre a honra. Firmando-se na beirada do sofá para arcar a cifose, o olho grisalho por trás da lente, suspeitoso, a mulher aproximou-se do rosto dele. Pediu com timidez:

— Não preciso então me preocupar?

Luciano expandiu-se:

— A senhora fica intimada a não sofrer por causa de sua filha. Eu sou uma autoridade. Não desacate a minha ordem.

A TV iluminou a pausa. As palavras do soldado oscilavam sem imprimir nenhum rastro. O temor de dona Zuza, não abrandado, locomovia-se entre a esperança e a cautela, disfarce — ambas — duma atenta e secreta negligência. Por isso, covardemente, a velha estendeu as mãos frias.

— Luciano.

O homem pegou-as com nojo. Beijou-as.

— Eu entendo tudo, dona Zuza. Espero que a senhora também entenda.

— Sim.

Lembrando-se do capuz com o dinheiro, no Opala, o cabo PM remexeu-se na poltrona. Apossou-se do quepe e examinou-o laboriosamente. Disse:

— Será que eu poderia ser útil, dona Zuza?

— Só um momento.

Sem sair do lugar, a velha envolveu as rapaduras no guardanapo de papel, enfiou o pequeno embrulho num saco plástico que encontrou no fundo do bolso e ofereceu-o a Luciano.

— Dona Zuza... — a gratidão do militar encobriu a revolta de suas vísceras.

Ele ajudou-a a erguer-se. Ela revelou antes de abrir a porta:

— Eu tenho tanto medo. Eu fui sentindo a minha vida terminar pelas coisas que me tomaram. Até podia dizer que a minha vida foi construída com coisas que se acabaram depressa. Você sabe que eu nasci depois da morte de meu pai?

— A Rosa me contou essa passagem — Luciano tentava divisar o Opala através do postigo.

Dona Zuza puxou a porta.

— Minha mãe desapareceu sem dar notícia. Uns tios me criaram em São Caetano do Sul. Acho que até hoje, lá do purgatório, eles me cobram esse favor.

— Que é isso, dona Zuza?

— Apesar de tudo, eu me casei tarde. Meu marido

também já não era uma criança. Vivemos juntos onze anos. Tudo ficou tão difícil com o desastre, com a morte dele, mas de tal modo que durante muito tempo eu só me recordava do falecido pelas prestações da casa.

Luciano rodou o quepe nos dedos. Advertiu:

— Hoje as prestações estão pagas.

—E eu me lembro dele pelo retrato do casamento. O ano passado a Rosalina completou vinte anos. Comecei a sentir medo outra vez. A Rosalina tem sido o que mais durou em minha vida. Vinte anos.

Luciano, já na área, olhava com curiosidade o relógio da luz.

— Medo... — incapaz de vergonha, ele encheu os pulmões e a elegância da túnica. — Medo... — insistiu e julgou estar citando um delegado de polícia: — Eu risquei esse termo de meu dicionário.

— Sim. Do dicionário — dona Zuza sorriu, discreta e ferina, ainda que irrelevante.

O cabo colocou o quepe e, com um piparote, enviesou-o.

— Por favor, dona Zuza, avise a Rosa que amanhã tenho um plantão. Depois de amanhã, sem falta, eu venho ver a nossa enferma.

— Muito bem.

— Eu telefono antes para a loja.

— Obrigada, Luciano.

Ele fez o trinco do portão atritar com a batida. Aconselhou sem cinismo:

— Um resfriado não justifica tanto medo, dona Zuza. Boa noite.

Não seria tão velha. Estava acabada. Pendendo a cabeça, ela abanou a mão para Luciano.

— Até depois de amanhã.

QUARTA PARADA

A noite tresandava por todos os cantos. O rolo da mortadela despencara da cama, surdamente, como uma cabeça decepada. Guinchos de ratos logo se misturaram ao farfalhar do papel estanhado. A pele escura da noite sufocava Beiçola. De vez em quando, fingido ou orgânico o gozo, uma ou outra mulher gritava no corpo de seu homem, a pele escorregadia sob a baeta de passar roupa. O escapamento dum carro soou como um tiro. Apesar de tudo, do tremor e do rilhar de tantos dentes, uma guarânia se insinuou pelas frestas do cortiço, longínqua, vibrou inteira e cedeu o lugar a um rasqueado. Alguém, debatendo-se entre a ira e o pesadelo, esmurrou a parede e calou o insulto e o langor daquelas cordas paraguaias.

Beiçola sonhou que procurava no Cemitério da Quarta Parada o túmulo de Guiomar. Entrara pelo portão da Rua Padre Adelino, ao lado o Velório; e perto dum campo murado onde o vento fazia as placas retinir, junto a flores secas, o Cruzeiro.

Degraus de cimento, enegrecidos de fumo e gordura queimada, protegiam a chama das velas, muitas já derretidas e sugerindo volumes de esperma. Nem a garoa fria espantava os gatos. Beiçola, de braços cruzados sobre a camiseta, buscava o túmulo de Guiô. Os gatos o examinavam com sinuosa indiferença. Nenhuma árvore. As vielas se igualavam no labirinto hostil. Baratas moviam-se numa tumba cheia de água. Beiçola parou e, conformado como um negro, puxou desajeitadamente o gorro de lã e rodou-o nos dedos. Era de tricô, listado, com fios vermelhos e amarelos. Ele furtara o gorro dum varal de Guiô.

Por Santo Amaro da Purificação. Aquilo era a favela dos mortos. Onde se esconderia Guiomar Aparecida de Oliveira? Imóveis, os gatos guardavam os fáceis fantasmas da manhã. Nenhum pássaro no ar. A garoa, suave e onírica, mas sobretudo mordaz, ia atormentando Beiçola pelo caminho, pondo-o diante de visões que um dia, no passado morto, mil vezes morto e enterrado, estiveram ao alcance de sua mão. Ao alcance de seu hálito.

"Por que você assalta os outros, negro?"

"Guiô, minha branca, eu tenho uma boca muito fedida", e ele, abusado e respeitoso, cobria os beiços com o gorro do varal. "Essa é a minha maneira de me aproximar das pessoas", ele se explicava com acinte e submissão, Guiô não acreditava, ele abaixava a cabeça, rodando agora o gorro entre os dedos, a lã vermelha, amarela e úmida.

"Imagine", riu Guiô. "Esse gorro não sumiu daqui ontem?"

"Direi que sim, Guiô."

"Nunca me devolva..."

Beiçola atreveu-se:

"Eu só quero o endereço de seu túmulo."

"Imagine", negaceou a mulata. "Contente-se com o gorro".

Um gemido de mulher trouxe Beiçola de volta ao cortiço. Porém, ao mesmo tempo, o estalar dos papéis onde a ratazana ainda se mexia, farta, fez com que ele despertasse para recordar os búzios da negra Eleutéria, do Gasômetro, aleijada da perna que uma locomotiva levara, mas sempre capaz de aviso e conselho: "Menino, jamais dê as costas a um branco. Um trem é menos perigoso".

Acordado, ouviu uns passos familiares. Um homem de andar lento e resignado parou na calçada. Como quem recobra o fôlego, ou a consciência, abriu com cuidado o portão, ganhou o corredor, e esforçando-se para que ninguém o notasse, desejando confundir-se com as várias penumbras daquela casa de cômodos, acercou-se bem devagar dos últimos cubículos. Para isso, foi atravessando cansadamente o quintal, como um ladrão bêbado, um pouco arcado e oscilante, ocultando-se entre os varais de roupa estendida. Alto e envelhecido, usando capote e boné, não se importava com a sua sombra que, do chão e das paredes, resvalava para os olhares atrás de venezianas e panos de cortina.

O homem não se desviava de seu propósito: quanto a isso não hesitava. Agora com as mãos nos bolsos do capote e a ansiedade contida, ficou um momento na frente duma porta. Tirou um lenço, enxugou o rosto, a boca, os olhos, e bateu de leve perto da maçaneta de ferro. Tremendo de esperança e preparado para o medo, ele se colocava no rumo de alguma coisa de que só ele sabia, e que poderia acontecer nessa noite, ali, quando a porta se abrisse. Porém, sem resposta, bateu de novo, com apego e certa angústia, quase acariciando a madeira ordinária. Depois chamou com a voz muito terna e abafada:

— Isabel. Isabel.

Não havia ninguém atrás daquela porta. Embora vazio o quarto, desocupado, sem móveis e sem mesmo um pano de prato, o homem insistia obstinadamente naquele chamado. Experimentou torcer a maçaneta. Nunca se exaltava. Apoiou a cabeça na guarnição descascada da porta.

— Isabel.

Era calma a sua constância e muito severa e amarga a sua reverência. Ele não pensava em desistir ou impacientar-se. Com a nostalgia tocando já a fadiga, ele sussurrou mais uma vez:

— Isabel.

Então foi embora, retornando demorada e gravemente sobre os mesmos passos. Retardava-se no caminho, voltava-se na direção do quarto onde ninguém estava e nunca estivera. Havia noites em que ele cumpria esse ato sagrado duas ou três vezes, ritualmente, invocando uma mulher imaginada, ou apenas lembrada, e portanto, um mito.

    O homem contratara com o Paraguaio o aluguel do quarto vazio. Não atrasava o pagamento e não discutia por dinheiro. Naquela casa de cômodos, todos o compreendiam. Por isso caçoavam dele, choravam de rir, espionavam o idiota; e só não invadiam o quarto porque se certificaram de que lá não existia nada.

RECADO A GUIÔ

Arrepiando-se de náusea, no estômago o pedaço mais frio do pavor, tantas vezes dormira para distrair a fome, Beiçola envolveu-se nos seus trapos de baeta. Se você ainda se interessa em saber, Guiô, minha vida começou com o primeiro assalto. Foi numa lanchonete da Rua Helvetia. Por ali seria Santa Ifigênia, ou Santa Cecília, e sempre enchia de gente com bolsas e malas de viagem. A Rodoviária não era longe. Com um Taurus-32 por baixo da camisa, o crânio pelado pela máquina zero do Emílio Paternostro, naquele tempo este gorro não estava tricotado, Guiô, encarei o sujeito da registradora.

Mas veio da rua um casal de brancos, Guiô. Pedi um café e paguei a ficha. Adiei o lance para espiar os brancos: não por desconfiança: eles eram bonitos. Tinha a mulher uns óculos de lentes azuis e a armação, muito grande, parava na ponta do nariz meio judaico. Ela era um pouco pálida, Guiô, mas gostava de rir e se divertir com o marido. Deve ser bom ser branco, Guiô. O rapaz vestia um paletó de camurça e nunca penteava os cabelos. O dinheiro que eles traziam dava para dois mistos-quentes e dois cafés. E eles riam, Guiô, carregando com muito cuidado um pacote de livros.

Eles eram diferentes entre si, mas diferentes de todos,

e nisso consistia a sua semelhança. Não sei as palavras exatas, Guiô. Quando eles foram embora, mostrei o revólver ao homem da registradora, limpei a gaveta e saí sem correr. Venha dormir comigo, Guiô.

O HOMEM DO PALETÓ AMARELO

Ao entardecer, já acesas as luzes de mercúrio, ele saiu do ônibus para a Ladeira da Penha, com uma presteza que lhe avivou o talco íntimo. Chuviscava, e o vento ia mudando o rumo da umidade. Dali, defronte da loja de móveis usados, o toldo e a porta dum judeu, a impressão era que a igreja velha fechava a rua. A escadaria de mármore gasto começava em curva sobre o largo de pedras e nódoas de asfalto. Calvo e baixote, as têmporas de tinta preta, ele vestia um paletó de linho grosso, amarelo, com três botões de couro. Levava pela alça uma pasta 007, andando como um sonâmbulo pela sarjeta, duro e sinistro.

No rush, a fumaça dos carros se encorpava.

Sob o toldo de abas gotejantes, ele parou como quem acorda, ao ver por trás dos óculos de aro de tartaruga, bifocais, um jovem hippie de jaleco e fita na testa: ele se despedia do judeu e atravessava a ladeira. Era necessário não o perder, o homem do paletó amarelo decidiu-se. Limpando na calça a mão suada, sobraçou a pasta 007; e entre os ônibus, com a urgência dum caçador, perseguiu o jovem hippie de mocassinos de camurça. Perto da igreja, à esquerda (ele recordou com despudor), na Avenida Nossa Senhora da Penha, avistava-se já da esquina a tabuleta do Hotel dos Viajantes (um frisson).

Atraente e sujo, o jovem hippie sumiu por trás do balcão duma lanchonete. Reapareceu lavando copos. Só depois de ter pedido uma Ibirá sem gelo, e escutado que o nome do rapaz era Lázaro, o homem do paletó amarelo percebeu que os tiras do Sexagésimo Distrito faziam ponto naquele bar. Isso desagradou-o.

Vindo da rua, com esterco de cavalo no coturno e na capa de gabardine, e guardando na porta uma solene posição de sentido, um bêbado empertigado, que se passava por major do Exército e cobrava esmolas com ameaças, ergueu o braço e gritou:

— Firme.

Junto às lentes, cada olho do homem do paletó amarelo cresceu como bolha, um por vez, quando Lázaro lhe trouxe a Ibirá e o copo. Os tiras tinham tempo para perder com o major. Tomando a água, lentamente, sentiu atenuar-se o apetite sombrio. Com a pasta 007 em cima do balcão, e agora irritado com o que supunha uma indisciplina daqueles tiras, notou sem surpresa, ao lado do quiosque dos cigarros, com uma xícara de café na mão de luva preta, um homem muito alto e de olhar longínquo. Esvaziou o copo e encheu-o. Ele não me viu, *portanto me reconheceu*. Chamando Lázaro, abalou-se com a pasta para uma das mesas do fundo. Encomendou misto-frio e café. Ele não me chamará pelo nome. Não cometerá o erro de me elogiar o disfarce. Nada indagará sobre o conteúdo da pasta. Assim, não saberá que na pasta eu oculto o disfarce do disfarçado.

— Firme — disse o major.

Por não ter sido chamado, o homem de avantajada estatura e olhar distante aproximou-se da mesa. Usava jeans, tênis, white T-shirt e um camisão aflanelado, cor de vinho, com as mangas arregaçadas. Descalçando as luvas pretas, ele flexionou os dedos e sondou o lugar. Esperou por um momento o convite para sentar-se. Diante do silêncio do homem do paletó amarelo, enfiou as luvas no bolso de trás da calça e puxou uma cadeira. Ao acomodar-se, pediu outro café e um cálice de conhaque. Podia ser Dreher, esclareceu a Lázaro.

Ele estava de luvas pretas, e portanto, em missão. Tirou-as, logo a missão não era oficial. Quem aparecerá morto por estrangulamento na Zona Leste? O homem do paletó amarelo disse:

— Hoje estou atuando por minha conta.

O outro comentou:

— O empresário paulista convive com o medo.

— Convive com a concorrência.

O olhar longínquo demorou-se sobre as têmporas de tinta preta. Lázaro trouxe o Dreher, e numa bandeja o misto-frio e o café. A primeira dentada do baixote assemelhou-se a um esgar. Informou:

— Descobri que uma tia-avó de Luís Guilherme Braga montou uma residência na Rua Santo Afonso. Há rumores de que um grupo de Ibiúna, treinado por um coronel reformado, quer facilitar a fuga desse comunista.

— Fugir da Ilha dos Sinos? — interessou-se o homem de elevada estatura, alternando um gole de café e um gole de conhaque, com uma calma rigorosa e precisa.

— Com dinheiro e um helicóptero, tudo se consegue.

— Quem tem essas duas coisas — arregaçou um pouco mais a manga do braço esquerdo — prefere ver Luís Guilherme na Ilha dos Sinos.

— Ou morto — ele mastigou o misto-frio.

— Compreendo — um gole indiferente.

O homem do paletó amarelo amassou um guardanapo de papel para limpar a mão; depois, puxando do bolso interno duas folhas dobradas, inclinou-se casualmente.

— Você recebeu a cópia da última entrevista dele?

— Isso foi no ano passado: o homem foi detido no ato: achei que não era necessário ler: para isso temos os censores.

A cara lavada e o talco exato, ele amaciou as folhas com os dedos curtos e peludos. Sem rugas na testa, disse:

— Os censores não são os únicos intérpretes da realidade brasileira. Porém, na ocasião, o que me chocou na entrevista abortada foi o desplante desse Luís Guilherme Braga. Não tanto a ousadia ideológica, mais ou menos comum em qualquer militante de esquerda, e sim uma certeza latente de que ele conta com um respaldo muito sólido.

— Se você se refere ao ouro de Moscou — apenas por fora o homem de olhar longínquo não riu —, acredito que ele não chegue nem mesmo a cobre.

— Só por causa do atalho cubano — brilhou sobre os papéis a acetona de suas unhas. — Não esqueça as reservas.

— Não prevejo a possibilidade de invadir a Suíça durante o governo Geisel — sopesou na mão direita o cálice cor de âmbar.

O ruído do bar, em torno deles, não os atingia.

— Ouça — e o baixote, lendo, escurecia o timbre da voz: "Não me importam os outros, mas o brasileiro tem sido guiado pela ambição barata e injusta. Tem pequeno alcance a sua sagacidade. O brasileiro é malasartiano, com o caráter reformado no vácuo do escrúpulo. Para ele, a ética não é um capítulo da filosofia, e sim uma excrescência do orçamento público. Desde cedo ele aprende a evitar a enxada e a vender o seu voto".

— Como se enxada fosse instrumento de sociólogos e bolcheviques — escarneceu o homem das luvas pretas.

— A palavra é a enxada desse Luís Guilherme.

— Bem mais leve.

— Porém pesada na mão de Golbery... — e o homem do paletó amarelo, com finura, liberou um sorriso de porcelana dupla. — Ouça: "Quando Eisenhower esteve no Brasil, uma turba de burocratas cercou-o de avisos e protestos: *Somos um povo de funcionários públicos famintos*. A isso, a sociologia pronta e epidérmica de nosso Carnaval juntou um requerimento terminante: *Ei, você aí, me dá um dinheiro aí*. Claro que temos vergonha no rosto, só que ela não é durável, e apenas quando passa, encaramos o espelho."

— Sim.

— E mais isto: "Não serei nunca um *blablagueur*. A carga da culpa social não pode ser atribuída aos dominados. Ela pesa, alegórica e ultrajante, sobre os ombros da elite parasitária."

— Foi um erro não ter matado esse homem — um gole de café e outro de conhaque. — A operação estava arranjada.

— O acidente com Herzog mudou o rumo da história. Ficamos mais cautelosos.

— Mais covardes.

— Escute: "Culpa alegórica. E por que alegórica? Porque não cobrada politicamente. Está para ser criado na América Latina o sentimento de orgulho dessa latinidade póstuma e difamada. Liberdade é só dignidade, e não uma farda desbotada, ou um cantil aventureiro, ou uma mochila de medalhas e enlatados."

Na porta que se abria para a Ladeira da Penha, uma algazarra de tiras saudou o desfecho duma anedota, onde um poeta português, no balcão duma drogaria da Praça da Sé, indagava dum costureiro:

...traze-me a verdade a lume,
queres com ou sem perfume?

— E para terminar: "Se fosse possível a Cláudio Manuel da Costa, e a Herzog, ter ferido ou morto o carrasco, o pacto da convivência política excluiria gradativamente a opressão. Revanchismo? Não. Apenas legítima defesa."
Os investigadores provocaram o dono da lanchonete, um português, e ele enxugou as mãos num avental. Respondeu:

Não me importa a mim o perfume,
seja de jasmim ou de estrume.

Cláudio? Os grupos paramilitares estavam abusando. Puxou as luvas pretas ao erguer-se, compondo elasticamente a elevada estatura. Nada ouvira falar desse Cláudio Manuel da Costa. Calçou as luvas.
— Vou embora — avisou. — Não tenho nenhuma notícia sobre a fuga de Luís Guilherme.
— Tenho notícias vagas. São as melhores — observou o homem do paletó amarelo.
Cumpriu-se a praxe de um não oferecer assistência

ao outro em assuntos não oficiais.

— Uma tia-avó na Rua Santo Afonso.

— Bem perto daqui.

Cifras separadas. Não se despediram formalmente. O baixote dirigiu-se a Lázaro e, com frieza, com repugnância viril, pagou a conta sem deixar gorjeta.

DIÁRIO, 1976

Junho, 8. Criminosos sexuais se masturbam para não perder a sedução e comprometer a fé. Um velho punguista, sem saber que a violência ultrapassou a arte, enterra a mão na areia e sutilmente flexiona os dedos. Na orla, com um galho de amendoeira e o corpo vergado, um falsário recorda no chão úmido as suas assinaturas. Um homicida leva para a sua cela, já folheando no pátio, *O profeta*, de Khalil Gibran.

Junho, 9. Disseram que a mola estalou como disparo de garrucha, e o fio de aço dilacerou na armadilha a ratazana prenhe. Quinze filhotes devoraram os despojos vivos. Quinze, numa golfada pastosa e súbita. Disseram isso.

ESTE LIVRO FAZ PARTE DA TRILOGIA

O MOTIM NA ILHA DOS SINOS

OUTRAS OBRAS DO AUTOR

Este livro foi composto em Lora Regular e Robotto
e impressa em papel Pólen 90 g/m²
para C Design Digital em Abril de 2024